カナリア

西條八十物語

斎藤 憐
S a i t o　R e n

而立書房
JIRITSU SHOBO

カナリア

西條八十物語

登場人物

西條八十

晴子

徳子

嫩子

八束

タキ

中山晋平

服部良一

佐藤千夜子

鈴千代

伴田

山口

岡

片谷

樋口

下山

堀江中佐

原田中佐

一幕

序　章

遠くから**M－1『カナリア』**のメロディーがかすかに。

蔓バラのアーチの下に立っている女が持っている花束もバラで、六月である。

東京郊外、成城の西條八十邸の離れの庭に面した書斎。

救急車のサイレンが通り過ぎて明るくなると、庭にいた女が縁側から顔を出した八十の娘、嫩子に「西條八十先生のお宅ですね」と聞いた。

嫩子　どちら様です？
女　あの、私、西條先生にお目にかかりたくて。
嫩子　あのね、そういう方、毎日のようにいらっしゃるの。
女　お嬢様の嫩子さんでいらっしゃいますね。
嫩子　そうですが。
女　嫩子さんも詩を書いていらっしゃいますのね。
嫩子　今、母が入院しておりまして取り込んでおります。申し訳ありませんが、今日は遠慮してくださらない。
女　お母様、ご病気ですか。

そこへ、八十、三味線を持って奥から入って来る。

八十　パコ、ロッカーの鍵が見つからないんだ。
嫩子　ロッカーの鍵？　ママがいないと何もできないんだから……。
八十　あの中にね、大切な手紙なんかが……。
嫩子　中央公論に連載した「ドンファン日記」、映画化するんですって？
八十　（とぼけて）ええ！
嫩子　週刊誌、見ました。山本富士子、叶順子主演で。
八十　ほう。
嫩子　ママが入院してるこんな時、ご自分のラブ・アフェアを映画にするの？
八十　あのね……（初めて庭にいる女に気づいて）おや、どうしました、お嬢さん。
女　藤田美浦と申します。
八十　ほう、ミホさん。
女　先生に詩を見ていただきたいと思いまして……。
八十　ほう。君、詩を書いてるの。上がんなさい。上がんなさい。
嫩子　パパ！
八十　（素直に）はい。
嫩子　ママの病院、変えたほうがいいんじゃないかしら。

八十　（女に）こちらにどうぞ。（嫩子に）病院を変える？
嫩子　あそこ、警察病院だから、国会で怪我をした人たちが毎日運ばれて来るの。
八十　日米安保改定のデモか。
嫩子　ママはじっと我慢しているのよ。パパ！
八十　はい。
嫩子　その三味線、どうしたの。
八十　物置から三味線出してきたんだ。これ、明日、病院に届けてやってくれないか。
嫩子　ええ！　明日はママとの四十四回目の結婚記念日だから、見舞いに行くって……。
八十　それがね、著作権協会の会合が急に入ってね。
嫩子　パパ。音楽著作権協会の仕事とママとどっちが大切なの？
八十　著作権協会は中山晋平君亡き後を引き継いだものだから。

そこで電話が鳴るので、二人、ビクッとし、嫩子去る。

女　……。お会いできて嬉しゅうございます。
八十　あのね、お聞きになったとおり、妻が病気でね。今、君の詩を読む心の余裕がないの。秋になったら、いらっしゃい。
女　……。（動かない）

八十　君、他人の気持ちがわからないようじゃ、いい詩人に……。
女　先生。私を誰だと思っていらっしゃいます。
八十　ええ？
女　歌手の佐藤千夜子、お忘れですか。
八十　ええ！　佐藤千夜子。
女　先生がお花が好きなことは生前、母がよく申しておりましたので、こうしてお花を持ってまいりました。
八十　母って君……。
女　残った日記帳に、先生とのことがいろいろ書いてあります。
八十　でも、お母さんは、つまり千夜子さんはオペラの勉強にイタリーに行くと言って。
女　先生とお別れしたときは、お腹に子供がいること知らなかったんです。で、母は歌手をあきらめて、私を連れお役人と結婚しました。……そして、戦争のすぐ後、亡くなりました。
八十　戦後すぐ……。それだったら……。
女　私、母に似てません。
八十　うーん。似てると言えば……。
女　あのね、先生。今度、私とデートしてくださらない？
八十　デート？
女　お嫌？

八十　いや、突然のことで、どうしたらいいか……（懐を探って）これでなんか美味しいものを食べなさい。（と、原稿用紙に金を包む）

女　結構です。

八十　いいから、取っときなさい。（と、女の方に持っていく）

女　いえ。（と、机の上を八十の方へ）

八十　僕の気持ちだ。（と、押し返すので女の手と触れる）

女　ああ、これがパパの手なのねえ。

八十　……。

女　あったかい。

そこへ、嫩子が入って来るので、八十、あわてて手をひっ込める。

八十　病院からかね？

嫩子　いえ、大映のプロデューサーの滝田さんて方。今から伺いますって。

女　私、失礼します。

八十　あっそ、そのほうがいいね。（と、嫩子に気づかれないように金を渡す）

嫩子　パパ。

八十　はいッ。

嫩子　ママね、どうしても足袋を持って来いってきかないの。
八十　足袋？
嫩子　不忍池にパパの「かなりやの唄」の碑ができたから、行くんだって。
八十　そうか、越谷、千住の先だ。
嫩子　たいがいにしてよ！

音楽が入り、三人シルエットになって、八十の妻晴子が赤子を抱いて歌った。

M―2『鈴の音』

王様の馬の　頸の鈴
ちんからかんと　鳴り渡る
日はあたたかに　風もなく
七つの峠が　晴れ渡る

嫩子　パパがママに初めて会ったのは四十年前です。（原稿を読む）「銀座に出ると突然、土砂降りの雨になって、雨宿りに駆け込んだ新橋駅前の小料理屋の帳場に、日本髪を結った美女がいて、見も知らずの僕に番傘を貸してくれた。
八十　翌日、傘を返しに行ったとき、僕は自分の住所身分を書いた紙ぎれを渡しながら『僕と結婚してくれませんか』とやったものだ。僕の意外なプロポーズに彼女は真っ赤になり、その返事は辛うじて『考えておきます。いずれご返事します』ぐらいだったと思う」。

嫩子　で、私が生まれたのは、大正の七年です。

赤子の泣き声が聞こえて来る。

山のふもとの　七村に
青亜麻の　花咲けど
ひとにわかれた　若者は
今日も今日とて　啜り泣く

1

嫩子を抱いて、子守歌を歌っていた妻の晴子。
溶明すると、小石川区駕籠町の八十の新婚家庭。
大正八年六月。学生服の伴田。

伴田　立派なお雛さまだなあ。
晴子　八十さんのお母様には初孫ですから。
伴田　嫩子ちゃん、いくつになったの？（赤子に）ヨチヨチ。
晴子　一歳と四か月。伴田さん。
伴田　はい。
晴子　八十さんに、文学の天才ありますか？
伴田　ええ？
晴子　八十さん、いつかものになりますか？
伴田　そりゃ大したもんです。十六の歳に、円朝の落語「牡丹灯籠」を英訳したんです。早稲田の授業、まったく出なかったのに、卒論の「アイルランド文学論」は、第二席です。
晴子　詩人で食べて行けるんですか？
伴田　（本を眺めて）総アートで天金仕上げ、薄緑の羊の皮の扉。西條先輩の華麗な言葉と本の装丁がぴったりだ。

晴子　出版してくれるところがなくて自分で出したんです。

伴田　羨ましいです。きらめく才能。こんな豪華な詩集を自費出版できる財力。

晴子　違うのよ。

伴田　そしてこぼれる笑顔の奥さん。（天を仰いで）神は不公平だ。

晴子　だったら、どうしてあの人、毎日兜町なんかに通ってるの？

伴田　何で株なんかに熱中するのかなあ。

晴子　内緒よ。

伴田　はい。

晴子　結婚のお話いただいてから、私の父がそっと探偵事務所に、その早稲田の学生って人の家を調べさせたの。

伴田　家は大きな石鹸工場のオーナーで、土地だけでも、大久保に一万坪。西大久保に三千坪。新宿柏木に大きな邸宅。

晴子　うちの両親、小料理屋の娘にこりゃ玉の輿だって、お受けしますってお使いを出したの。

伴田　そうでしょう。

晴子　昨年の暮れ、英治兄さんが土地家屋の権利書と実印を持ち出して、芸者と駆け落ちしちゃってスッテンテン。今は柏木にちっぽけな家が一軒残ってるだけ。それで、二人でテンプラ屋なんか始めた。みんな金メッキなの。

包みを持った徳子「何が金メッキだい」。

晴子　ア、八十さんの詩集のここんとこが、金で……

伴田　早稲田で西條さんの後輩の伴田です。

徳子　あんたも文学なんてもんに凝ってんのかい？

伴田　いえ、僕は演劇の方に進みたいと思ってます。

徳子　松井須磨子、後追い自殺だってね。

晴子　激しい人だったのね。

伴田　はい。

徳子　（晴子に）鰻を買ってきたよ。

晴子　鰻、すごい！

徳子　でも、八十の分だけ。私たちはなまりでいいだろう。

晴子　はい。

徳子　これで栄養つけて、あの子に頑張ってもらって、男の子を生んでもらわなきゃあねえ。

晴子　はあ。

徳子　お父様は長男の英治を見限って、八十に家督を継がせるつもりだったのに、八十は文科なんかに進んじまった。さあ、お祖母ちゃんのとこにおいで。（と、嫩子を受け取る）

晴子　重くなりましたよ。
徳子　ヨチヨチヨチ。（赤ん坊に）ねえ、早く弟が欲ちいねえ。
晴子　お母様。私、赤ちゃんできたみたいなんです。
徳子　ええ、そうかい！　じゃ、この鰻、あんたに食べてもらおう。
晴子　でも、だからって今からお腹の子が男の子になるわけじゃ……。
徳子　晴子さん！　嫩子のお雛さま、まだ片づけてないの？
晴子　はい。
徳子　お雛さまがすんだらすぐしまわないと、女の子はお嫁入りが遅くなるの。そんなことも知らないの？
晴子　……。うちにはお雛さまなんか……。
伴田　（晴子に）ねえ、内裏の男雛は、右なんじゃないですか？
晴子　（やめろと合図して、雛人形の箱を取りに行く）
徳子　日本じゃ、左が偉いの。だから男雛は左なの。
伴田　ですから向かって右なんじゃ……。（晴子の合図に気づいた）
徳子　ねえ、晴子さん。
晴子　はい。
徳子　どうして、内風呂もない家に住むの。柏木の家ならお風呂もあるし。
晴子　嫩子は八十さんが銭湯に連れて行ってくださいますから。

徳子　わけもわからん人が入る銭湯に、よく赤ん坊を入れるねえ。子供に病気でもうつったらどうするんだい？
晴子　でも、ここらの人たちは……。
徳子　ちょっとお勝手、借りるよ。（と、出て行く）
伴田　大変だなあ。
晴子　フフ、八十さんが男雛が左だから、向かって右だって言ってたのに。（見て）あら噂をすれば。

八十、疲れ切って帰ってくる。

八十　おお、来てたか。
伴田　『砂金』、初版から半年で十三刷りまでいったんだって。
八十　たかが知れてるさ。（晴子に）嫩子は？
晴子　お母様が寝かしつけてくださいました。
八十　来てるのか。伴田、今日は、なんの用事だ。
伴田　（手紙を出して）横山先生が、英文科の講師として先輩を呼びたいって。あなたが「英語の日本」にイエーツやメーテルリンクなどを翻訳してきたことが評価されたんです。
晴子　……（嬉しいが言葉に出せない人である）
八十　教師か。講師の給料じゃ、未だ奥様気分のお袋の面倒はとてもなあ。

伴田　株屋に人生を浪費しちゃあ、あなたの才能がもったいない。
八十　才能？　アルチュール・ランボーは十五で詩を書き出し、もっともいい作品を残したのが十七の年、十九で『地獄の季節』を世に問うて文学におさらば。後は商人として余生を楽しんだ。
伴田　それで、株屋を始めたんですか。
八十　ああ、腹が数寄屋橋だ。中村屋でカレーライスでも食うか。
伴田　さては、欧州戦争の煽りで株が上がったな。
八十　三千円で買った日活株が、この半年で七万円になった。
伴田　七万円！　パリにだって行けるじゃないですか。
八十　パリなら千円で行ける。五十万にまでしたら、詩人会館を建てる。
伴田　詩人会館？
八十　そう。巷で苦しむ貧しい詩人に食と屋根を与えるんだ。

そこへ、徳子。

徳子　ああ、帰っていたのかい。
八十　ああ、母さん。今から中村屋に行こうと思っていたんですよ。
徳子　私は、遠慮しとくよ。
八十　金が入ったから。

徳子　長男が極道で次男は株屋なんざ聞いてあきれるよ。

嫩子の泣き声。

徳子　ああ、嫩子が泣いてる。
晴子　ああ、今、行きます。
徳子　いいの、あなたは身重なんだから。（立ち上がる）

と、出て行きながら、躓いて転ぶ。

八十　（駆け寄って）ああ、母さん。
徳子　近頃、目が霞むようになってねえ。出かけるのがおっくうなんだよ。
八十　目が霞んで来た？　お医者さまには行ったんですか？
晴子　じゃ、お母様が鰻を食べなきゃあ。
徳子　大丈夫。大丈夫だから。

八十、徳子を支えながら、奥に去る。
「ヨチヨチヨチ」と徳子の声。

晴子　伴田さん。
伴田　はい？
晴子　（詩集を開いて）この字、なんて読むんです？
伴田　すすき。
晴子　（読む）芒を折りて／海を聴く
　　　幽にとほき／海を聴く
　　　君と別れし／朝夕の
　　　芒の中に／海を聴く
　なんで難しい漢字で書くんです？
伴田　草冠に亡くなる。失ったものへの寂しさが出てるでしょ。ほら、満開の桜を見ながらふと、その花びらが散って土に帰ることを思い浮かべるときだってあるでしょう。さて。
晴子　伴田さん。私に詩、おせえてくださいません？
伴田　私が……。
晴子　私、小学校しか出てないでしょう。だから、時々、西條八十って詩人の奥さんに相応しくないって思うんです。
伴田　僕でよかったら、いつでも。じゃ、先輩によろしく。
晴子　すみませんねえ。せっかく大学のお話、持って来てくだすったのに。

伴田、去っていく。

晴子　（読む）紅いペンキで鸚鵡をそめりゃ
　雪の降る夜の窓から逃げる
なんだ、こりゃ。

八十、出てくる。

晴子　お母様、大丈夫ですか？
八十　だいぶ、弱っているようだ。
晴子　目がお悪いのに外へお出になるのは……。
八十　うん、新宿柏木の本家に帰るか。
晴子　ええ。嫩子の顔を見るのが楽しみのようですし……。
八十　英治兄さんは行方知れず、兼子姉さんは亭主の赴任地朝鮮だからねえ。

M―3『肩叩き』のメロディー、微かに。

八十　あの人と一緒に暮らすのは大変だろうが……。
晴子　いいえ、お母様は、心で思っていることをそのまま口になさる正直な方。お腹の中にはなんにもないんです。
八十　わかってやって欲しい。
晴子　はい。
八十　あの人は、西條家の跡取りと結婚することになっていた。跡取りの丑之助さんて人はなかなかの美男でね、母さんも一目見たなり、この人とならと思った。ところが、式を挙げる直前にその未来の旦那さまが二十三歳で急死しちまった。
晴子　まあ。
八十　で、西條家は家を守るために、四十を過ぎた番頭と徳子さんを娶せた。真面目だけが取り柄の、背が低くて風采の上がらぬ二十も年の違う男と無理やり所帯を持たされた。
晴子　ひどい。約束がちがうって、実家に帰っちゃえばよかったじゃないの。
八十　あの人が、そうしたとすると僕はこの世に存在していない。
晴子　……。
八十　僕に添い寝しながら、「丑之助さん」と寝言を言うのを何度も聞いたよ。
晴子　所帯を持つはずだった丑之助さんは、いつまでも美しい若者なのね。
八十　母さんは、西條の家を守るために、自分の人生をあきらめた。いいか、晴子。僕は、お前に母さんのような不幸な生涯を送らせたくない。

晴子　（頭を下げた）
徳子　（出てきて）電報だよ。
八十　（受け取って）ああ、出かけなきゃなんない。
徳子　鰻はどうするんだい。
八十　兜町にすぐ行かなきゃあならないんです。

と、出て行く。
東京の町を歩く八十。

八十　（歌う）唄を忘れた金絲雀は
　背戸の小藪に埋めましよか
　いいえ、いいえ、それはなりませぬ

唄を忘れた金絲雀は
柳の鞭でぶちましよか
いいえ、いいえ、それもかはいそう

蔓バラのアーチの下の嫩子。

嫩子　（読む）「本来の使命である詩を書くことを忘れて錙銖の利に憂身をやつすようなこの男は、捨てしまえ、鞭打て、殺してしまえと罵る心内の声を」

唄を忘れた金絲雀は
象牙の船に、銀の櫂
月夜の海に浮かべれば
忘れた唄を想ひ出す

2

新宿、柏木の家。
女中のタキさんがぬれ縁を雑巾で拭き、徳子が羊羹を食べている。三味線の爪弾きが聞こえる。
大正九年三月。

徳子 タキさん。どこだい、三味線なんかやっているのは？
タキ ああ、若奥様が。
徳子 晴さん！　晴さん！

晴子、三味線を持って出てくる。

晴子 なんでしょう。
徳子 あんた、三味線やるの。
晴子 （ニッコリ）あんまり上手じゃありませんけれど。
徳子 うちは芸者屋じゃないよ。
晴子 あ、はい。
徳子 柏木は新橋じゃないんだから。

晴子　申し訳ありませんでした。
タキ　お帰りなさいまし。

風呂敷包みを持った八十、「ただ今」と帰ってくる。

徳子　八十かい。
八十　うん……。
徳子　どうしたんだい？
八十　母さん、メソジスト教会の前で咲いていた。（と、菫の花を渡す）
徳子　なんの花だい。
八十　菫だよ。
徳子　ああ、菫かね。
八十　母さん、見えないの。
晴子　小さい花瓶がありましたから、いけましょう。（奥へ）

家の裏手から、学生たちが囃す歌声が聞こえてくる。

声　唄を忘れた八十さんは

ボールのバットでぶち殺せ

徳子　また始まったよ？

タキ　裏の学生寮の奴らですよ。

八十　早稲田の学生か。

徳子　（赤子が泣き出すので）また、泣き出した。（壁を伝って奥へ）

　唄を忘れた八十さんは
　ボールのバットでぶち殺せ

八十　（表へ）おい、毎晩、毎晩、うるせえぞお！

徳子の声　よーし、よし。怖くはないのよ。

晴子　（花瓶を持って出てきて）昨夜なんか寝しなに大勢で。嫩子が寝付かれなくて。

八十　そうか。（立ち上がる）

晴子　どうなさるの。

八十　とっちめてやる。二十分経って帰ってこなかったら警察に知らせるんだ。

晴子　あなた……

八十　うるさい。

徳子、出てくる。
八十、晴子を突き飛ばして、出て行く。

八十の声　おい、こっちへ出てこい、ぶっとばしてやる！

徳子　時々ああなるんだ。普段はもの静かな子なのに。

晴子　株屋通いで、詩が書けないってイライラしてるんですの。

徳子　あの子の中には、天使と悪魔が一緒に棲んでいるんだよ。

晴子　仔犬が死んだとき一晩泣いてたのに。

そこへ、「堪忍してください」という学生服の山口を引きずるようにして、八十。

八十　こう、毎日やられちゃあ堪忍袋の緒も切れるわ。この！

山口　ひゃあー！

八十　容赦しねえぞ！

晴子　あなた！

山口　西條さん、理性的になりましょう。

八十　なにぃ理性的？　いいだろう。そこに座れ。

山口　はい。
八十　名前は？
山口　早稲田建設者同盟の者です。
八十　早稲田建設者同盟のアンポンタン、西條八十のどこが気に食わん？
山口　気に食わんわけでは……。
八十　お前らは、一人じゃ臆病者の癖に、仲間が集まりゃすぐ剛毅になって束になって弱い者いじめを始めやがる。さあ、自分の名前を言ってみろ。
山口　山口啓一です。
八十　山口啓一君は、西條八十のどこが気に食わん。
山口　つまり、あなたの書かれる詩は、たとえば、この花のように。
八十　耽美的で不健康だ。
山口　はい。三年前にロシアで起こった革命を見ても、二十世紀は働く者が主役になる時代です。
八十　そんな時に、社会変革の志もなく、（本を取って）こんな少女趣味の叙情詩を書き飛ばす西條八十には我慢がならん。
山口　……。
八十　近頃じゃあ、その叙情詩も書かずに資本家階級の手先になって、兜町に出入りしている民衆の敵だ。
山口　西條さん。

八十　なんだ？
山口　その詩集、いただけませんか？
八十　え？
山口　僕、わりと好きなんです。
八十　ふん、とんだ食わせもんだな。（と、渡す）
山口　あの、できればサインを。
八十　そうかい。（と、サインをしながら）とくに一昨年の株価の高騰は、世界戦争がもたらした軍需景気だ。あの戦争で死んだ子供たちの血で儲けた金を稼いで恥ずかしいと思わんか。その軍需工場では労働者がまるで牛や馬のように働かされている。牛や馬は溺れかけている。

八十、ノートを出し書き記す。
音楽が忍び込む。

M－4〈時代〉

八十　（自嘲的に）溺れかけた家畜の群を
　　　菫の花束で呼んでゐる男

町に失業者の群れ。

山口、去る。

八十　堤の柳のうへに、もう
　昨日の月は沈んだのに
　軛の無い家畜たちは一疋づつ水に溺れる
　寒さうに、吼えながら、もがいて……

晴子　（出てきて）あなた、本当に株をやめるの。

八十　（三味線を無茶苦茶にかき鳴らして歌い出す）
　貧民学校の先生が
　正直働きゃこの通り
　ア、ノンキだね。

晴子　どうなさったの。

八十　スッテンテンだよ。

晴子　え？

八十　建設者同盟の言う通り。欧州戦争が終わったんで、昨日、今日と株価は大暴落。

晴子　詩人会館、作れないの？

沈黙。

八十　残ったのはたったの三十円だ。

晴子　三十万円にまでなったのにねえ。（明るく）でも、いいわ。三十円あれば、今年中は生活できるもの。

八十　いや、少しでも残っていると後ろ髪を引かれそうだから、神田へ行ってこいつを買ってきた。

晴子　（風呂敷包みを開ける）なあに？

八十　ラルースってフランスの辞書。

晴子　これ二冊で三十円もするの？

八十　悪かった。子供が生まれるというのに……。

晴子　早稲田の先生になるのよね。

八十　ああ、貧乏するよ。

晴子　ええ。

八十　こっちへおいで。（と、晴子の手を取る）

M－5　〈女よ〉

八十　（歌う）女よ、
　　おまえの白い、ふくらかな乳房に

耳を埋めるとき、はら、ら、ら、ら
遠く聞えてくるあの音は何であらう

蔓バラのアーチの下に嫩子。

嫩子　貧乏だったけど、ママの人生の中で、この頃が一番幸せだったと思います。徳子祖母さまの期待も空しく、翌年三月生まれたのは女の子で、慧子と名づけられました。お祖母さまの緑内障はずんずん進んで、慧子の顔を手でなぞってたしかめたそうです。

八十　仄かに触れる羽毛か
夜につむ粉雪か
軽くつぶやく微風か

赤子の泣き声が遠くから。
そして、恐ろしい地鳴りの音。

嫩子　その翌々年の大正十二年の夏に、母は双子の赤ちゃんを身籠もりますが、残念なことに流産で入院。五つになっていた私は、まったく目の見えなくなった祖母と、一歳になった妹の慧子とお留守番をしているとき、あの大地震がきました。

3

半分崩れた柏木の家。
周囲に焼け残った土蔵などが見えてもいい。
伴田がリンゴ箱を開ける。

伴田　火が出なかったのは不幸中の幸いでしたね。
タキ　まいんち、先のお稲荷様にお祈りしとりますからね。
伴田　（取り出して）これ、福島のじゃがいも。
タキ　助かるねえ。じゃがいも一貫目三十銭するんだよ。
伴田　日比谷公園じゃ、すいとん屋、おにぎり屋、自転車の修理屋まであるんです。ここも、電気はまだですか。
タキ　もう一月になんのに往生してるよ。
伴田　電気、ガス、水道、電話。文明開化以来作り出した便利が、こんなにもろいものだとはな。
徳子　ねえ、焼け跡に山茶花が咲いたんだね。
タキ　まあ、よくお分かりになりましたね。
徳子　匂うんだよ。
伴田　人間の作り出したものは壊れるけど自然は焼け跡の中にも生きているんですねえ。

徳子　（見えない目で見ようとして）本当に東京はみんな焼けちゃったんかい？
タキ　こっからまっつぐ富士山が見えるんだから。

そこへ、奥から八十。

八十　これが、マゾウの『休みの日』。フランスから取り寄せたばかりで、読んでないが。
伴田　わあ、これですか。
タキ　伴田さんがジャガイモを……。
八十　ありがとう。
伴田　欧州に遊学していた土方与志が、大震災のことを聞いてモスクワから帰ってくる。東京に小劇場を作るんです。
八十　ほう。
伴田　翻訳劇を中心に、実験的な芝居を始めるんです。その新劇場のレパートリーにできるかと思いまして。
八十　晴子は？
タキ　慧子さまが、お腹が痛いって言ってるから病院に連れて行きました。
徳子　伝染病が流行りだしたそうじゃないか。
八十　はい。小さい子は抵抗力がないですから。

徳子　八十、晴さんを大切にしなきゃあバチが当たるよ。
八十　わかってますよ。
徳子　わかってやせん。お前はあの大震災のとき、晴子さんを病院まで迎えに行ったのはいいけれど、無事だったのを知ると、晴子さんを池袋駅の構内に置きっぱなしで、英治が女と住んでる月島に行ったんだろ。
八十　だって下町は全滅だって噂だったから。
徳子　家の財産持ち出して女と逃げた放蕩者の世話を、どうしてお前の嫁がするんだ。
八十　……僕たちみんなに罪があるんですよ。
徳子　苦労しないように九を抜いて、八と十で八十って名前にしたのに。

M－5の前奏始まり、八十を残していったん暗くなる。

八十　この世界を科学で征服できると思い上がった人間を神さまが、罰せられたのか。それにしても、こんな残酷な仕打ちを神様はただ見ているだけなのか？

M－5　〈薔薇〉

船のなかに忘れた薔薇は
誰が拾った

船の中に残ったものは
盲人がひとり　鍛冶屋がひとり　鸚鵡が一羽
船のなかの　赤い薔薇を
拾ったものは
盲人がひとり　見ていたものは　青空ばかり

そこで、ポトリと山茶花の花が落ちた。

八十　ああ！
徳子　（手探りで）八十、どうしたんだい？
八十　（山茶花の花を取って）ああ、どうしてこんなことが……。

三歳児がおぼつかなく『肩叩き』を歌う声が聞こえる。
晴子、骨箱を持ってきて置く。

八十　あの日、僕が帰ってくると、お前に背負われて病院に行く慧子と門の前ですれ違った。そのとき、あの子は「パパちゃん、バイバイ」と言ったんだ。（泣く）それがあの子との最後になってしまった。

晴子　（読む）「吾児はあまりに美しく聡かりしゅゑ
　神の奪いたまへるなり」
　われの語れば妻は静かにうなづく。
　慰むる者は偽りと知りつつ慰め
　聴く者も偽りと知りつつ満足す。
　寂しき三七日。

八十　（聖書を開いて）「エホバ与え、エホバ取りたもうなり。エホバ、讃うべきかな」。馬鹿、讃えられるかぁ！

聖書を投げ出して寝転ぶ。
晴子、拾う。

晴子　あなた、大学からのフランス留学のお話、お受けになったら。
八十　こんなとき、フランス留学なんて。
晴子　アルチュール・ランボーを研究したいけど、フランス語がまどろこしくって、おっしゃってたじゃない。学校が留学しろっていうときに……
八十　慧子を失って悲しいのは、お前も同じだ。

晴子　行ってらっしゃいな。あなたには、大地震も慧子のことも、辛すぎるもの。

八十　パリか……。ランボー……

ガランガランと教会の鐘が鳴る。

八十　大学が出してくれるお金だけじゃ、ちゃんとした勉強はできん。

晴子　（封筒を出して）ここに二百円、あります。

八十　その金を僕が持って行ったら、目の見えなくなったおばあちゃんと四つの娘、それに生まれてくる赤ん坊を抱えて、どうする。

晴子　私の実家、十六のとき倒産したの。大晦日の晩に夜っぴいて借金に駆け回ったわ。いざとなればお晴ちゃん、そのくらいのこと平ちゃらなんだ。

八十　（晴子の前に手をついて）ありがとう。

晴子、洒落た洋服とスーツケースとを取ってくる。

八十が浴衣から洋行のための着替えをするのを手伝う。

汽笛が鳴った。

M―7『お菓子と娘』の前奏とともにパリの書き割りが出てくる。

M―7 『お菓子と娘』

お菓子の好きな巴里娘
ふたり揃えばいそいそと
角の菓子屋へ「今日は」

パリの街角が現れ、美しいパリジェンヌたちが、踊るように街角を歩く。

八十　週に二回、ソルボンヌ大学の古典文学部を聴講しています。昨夜は、「カメレオン」という酒場で、コメディーフランセーズのマダム・デュサーユのモリエールの戯曲に関する講演を聞き、ポール・フォールの詩の朗読を聞きました。サラ・ベルナール座のロスタンの芝居を観るときには、前もって戯曲を読んでから行くことにしています。

娘　YASO！　YASO！

娘と踊る八十。

撰る間もおそし　エクレール

腰もかけずに　むしゃむしゃと
食べて口ふく　巴里娘

音楽止まって、八十がストップ・モーションに。
晴子が、盲目の徳子の手を引いて歩く。

晴子　晴ちゃんは、よくやりましたよ。男の子でしたので、あなたの書き残してくださった通り、八束と役所に届けました。ついに西條家に跡継ぎができました。お母様もお元気です。

次々と違ったパリジェンヌとパリの町を歩く八十。
音楽止まって、蔓バラのアーチの下に嫩子。

嫩子　私、五つだったから覚えている。お祖母さんがママに「毎日、切り干し大根じゃ嫌だ」って言ってた。ママが爪に火を点して留守を支えているとき、パパはパリで毎日お芝居を観て、たくさんの恋人と浮き名を流して……。
八十　すまん。
嫩子　女流画家の森田元子さんと同じアパートに住んでいたんでしょ。
(読む)「あなたはあなたの仕事をし

私は私の仕事をしてゐる
静かな夜、暖炉が気持ちよく燃えてゐる」。

八十　それはね。森田君のフランス語が裸のモデルに通じないんで僕が通訳したり……
嫩子　それだけじゃないでしょ。
娘　YASO！　YASO！
八十　今、行く。（走って行く）
嫩子　パパが二年半のパリ留学を終えて、私たち親子の所に帰ってきたとき、日本は昭和という時代になっていました。ママはフランス文学の研究に専念するのだと思っていましたが、パパが歩き出したのは思いもよらない道でした。

4

建設の槌音が響き、次々に復興する東京。
この場面の最中に、舞台上に柏木の新居、早稲田の教室、マイクの立つレコード会社の録音室などが立体的に組まれて行く。
一室で、雑誌を読む晋平と岡。

晋平　（読む）銀座、銀座と通うやつは馬鹿よ
　帯の幅ほどある道を
　セーラーズボンに引き眉毛
　イートン断髪うれしいね

工事の音。

樋口　うるさいなあ。おーい。窓を閉めてくれ。
晋平　（読む）スネークウッドを振りながら
　ちょいと貸しましょ左の手
どうです。面白いリズムでしょ。

岡　（受け取って）本当にフランス文学の先生がお書きになった詞かね。
晋平　それが、型破りな先生でしてね。
樋口　いらっしゃいましたよ。

粋な格好の八十、入って来る。

晋平　こちらビクターの岡制作部長。こちらが日本活動写真の樋口さん。
八十　西條です。
樋口　いやいや、辛辣な詩を書かれますなあ。
八十　大正大震災でパリに逃げ出して、三年ぶりに戻ってまいりましたら、まあ、復興したといえば聞こえはいいが……。
晋平　盛り場が神田、浅草から銀座と新宿に移り、軽薄な若者が東京の町を闊歩しとる。
八十　そんな薄っぺらな風俗をからかってやりたくなりましてね。
樋口　わが社では、次に岡田嘉子主演で「椿姫」を考えておりまして、ならば主題歌は、パリの空気を吸ってこられた詩人にぜひともお願いしたいと（指して）中山晋平先生が。
晋平　ただ、早稲田の仏文科の先生に歌謡曲の作詞をお願いしていいものかどうかと。
八十　中山さん。あなたの『カチューシャの唄』を作詞なさった島村抱月も、早稲田の先生だったじゃありませんか。

『カチューシャの唄』のハーモニカが聞こえてきた。

八十　あの大震災の翌日、月島の兄を訪ねようとしましたが、朝鮮人が火をつけるという噂でまっつぐに進めず、いつの間にか避難民でごったがえす上野の山で一夜を過ごすことになりました。荒んでいる避難民の中から、とつぜん、一人の少年の吹くハーモニカの音が聞こえてきました。みんなが生きるの死ぬのそんな時に音楽どころじゃないと少年がなぐられるんじゃないかと心配しました。ところが人々は、じっとハーモニカに聞き入っていました。私がそれまで軽蔑していた俗謡が、疲れ切った人々を元気づけることができるのだと知ったのです。

晋平　なるほど。抱月先生は我々のこの二十世紀は、大衆の時代だ。なのに、芸術至上主義者は、上層階級の特権的な芸術にうつつを抜かしていると言われてましたからね。

八十　私が授業に通っていた頃は、須磨子さんとの恋に疲れて、居眠りばっかりでしたがね。

岡　引き受けてくださいますか。

八十　詩を書くというのは楽しいですから。

樋口　どうです。今日は、前祝いにちょいと繰り出しますか。大川端に「尺百」という料亭ができましてな。

八十　（時計を見て）うーん、残念だ。二時から授業がありますんで、またの機会に。失礼します。

と、コートを取って駆け出す。
ここから、八十は、大学と家と、録音スタジオを駆け巡る大忙しになる。

樋口　晋平さん。こりゃ大きなめっけもんをしたかもしれませんよ。

岡　江戸っ子の西條さんの、戯作の感覚が、今の時代の空気にぴったりです。

柏木の家。
晴子の前に、美少女、千夜子。

千夜子　母さん、僕のあの帽子、どうしたんでせうね？
ええ、夏、碓氷峠から霧積へゆくみちで、
谿底へ落したあの麦稈帽子ですよ。
母さん、ほんとにあの帽子どうなったでせう？
そのとき傍らに咲いてゐた車百合の花は
もうとうに枯れちやつたでせうね

晴子　よく覚えていらっしゃいますね。

千夜子　八十先生の詩は、「少女世界」の頃から読んでます。

晴子　あいにく今日は、大学の授業で、今、その用意をしてまして。

千夜子　はあ。

そこへ、「晴子、ハンカチ」と八十の声。

晴子　はーい。（千夜子に）あの……。
千夜子　ええ。あの、私、失礼します。
晴子　でも、せっかくだから。
千夜子　本物の八十先生にお会いするなんて……

八十、入って来る。

八十　おや！　お客様か。
晴子　こちらね……。
千夜子　佐藤千夜子と申します。ああ！　私馬鹿なんです。先生にお会いしてお願いすれば、なんでもかなうなんて勝手に……。
八十　どうしました？
晴子　佐藤さんは、あなたの詩を暗記してらっゃるのよ。（出る）
八十　あなたは詩人になりたい。しかし、詩人は博打と同じで、賽がないと始まらんのですよ。

千夜子　あの角のある犀ですか？
八十　博打にはサイコロ、文学には才能。
千夜子　私、歌手になりたいんです。
八十　歌手ですか。
千夜子　三浦環さんの蝶々夫人、ロンドンで大喝采をあびたとか……
八十　オペラですか。でも日本ではクラシックじゃ、食べられない。
千夜子　そうなんです。
八十　よし、君の歌、中山晋平さんに聞いてもらいましょう。ああ、駅まで一緒に行きましょう。
千夜子　わあ、本当ですか！

八十と千夜子、出て行く。

八十の声　君、いくつ？
千夜子の声　来週、二十三になります。

ハンケチを持って晴子。
そこへ徳子が、「晴さん」と壁をつたって出てくる。

晴子　はい。

徳子　八十のお客様、たいそう別嬪さんだってねえ。晴さん、気をつけなきゃいけないよ。八十は可愛い子だとやたら親切になるんだから。

早稲田大学文学部の教壇。

八十が黒板に「Arthur/Rimbaud」と書く。

八十　リンボウではない。アルチュール・ランボー。ヨーロッパの、文化・芸術はダビンチ、モーツアルトの例をひくまでもなく、長らく洗練され深い教養を持った貴族階級によって庇護されてきました。しかし市民革命によってそれまで芸術に触れることのなかった新興ブルジョアジーが時代の主役になり、芸術、芸能もこの新たなご主人の好みに合わせることになりました。大衆は本物そっくりの絵や、馴染み深いメロディーしか理解できず、たとえば絵描きで言えば、ゴッホやモヂリアーニはその才能を認められることもなく貧困のうちに死んで行きました。

そこへ、『東京行進曲』の前奏が聞こえてきた。

ビクターのスタジオ。マイクの回りに楽隊。

千夜子が歌った。

千夜子　長い髪して　マルクスボーイ
　今日も抱える　赤い恋

ビクターの制作者の岡と日活の樋口と中山晋平が、拍手。

樋口　クラシックの出身とは思えぬこなれた歌い方ですな。
岡　いやいや、中山さん、こんな才能をどこから見つけてくるんですか。
晋平　それは、西條先生に聞いてください。
千夜子　（やって来て）八十先生は、今日は？
岡　木曜は、三時まで大学ですからもうすぐです。
晋平　千夜子さん、あまりいい声を出そうとしないでください。
千夜子　はい、でも……（と、不満）

と、そこへ、八十。

八十　お待ちどうさま。
岡　大変な逸材を掘り出していただいて。
八十　気に入ってくださってよかった。で、詞に問題があるとか……。

岡　（オズオス）はあ、最終聯の歌い出しですがね。
樋口　「長い髪してマルクス・ボーイ／今日も抱える赤い恋」。
岡　現代の若者たちが、深刻な顔して階級闘争だと叫んだり、自由恋愛を謳歌するのは、はやりにはちがいありません。
樋口　去年の三月十五日に続いて今年の四月にも共産党の一斉検挙がありました。
岡　マルクス・ボーイは検閲にひっかかります。
晋平　ですが、八十さんは本物のマルキストのことを歌っているのではなく、アクセサリーのようにコロンタインの「赤い恋」を持ち歩く若者たちの風俗を揶揄したもので……。
八十　……。（じっと下を見る）
樋口　これが発禁になると、レコードだけじゃなく映画のほうも困るんですよ。
晋平　……。
岡　（樋口を見て）日活さんも菊池寛先生の『東京行進曲』は絶対にヒットさせたいと……。
八十　小田原急行が開通しましたね。あれで駆け落ちするというのはどうでしょう。（メモを書く）
晋平　「オダワラキュウコウ」字余りになりませんか。
八十　こうしたらどうでしょう。
晋平　（読んで）「シネマ見ましょか、お茶飲みましょか、いっそ小田急で逃げましょか」はまった！
岡　千夜子さん、お待たせしました。

Ｍ－７『東京行進曲』の前奏が始まる。

千夜子　昔恋しい銀座の柳　粋な年増を誰が知ろ
ジャズで踊ってリキュールで更けて
明けりゃダンサーの涙雨

千夜子にスポットライトが当たった。

シネマ見ましょか、お茶飲みましょか
いっそ小田急で逃げましょか
変わる新宿、あの武蔵野の
月もデパートの屋根に出る

月が昇ると柏木の家。タキと山口。

山口　資本主義の矛盾が世界中を経済恐慌に巻き込みました。その結果、植民地の再分割……植民地を取り合うの。

タキ　食パンを取りっこするんだね。

山口　ああ、やっぱり無理だ。先生、呼んできてよ。
タキ　先生は今からお出かけだから、タキお前、聞いてきてくれって。
山口　植民地の取り合いから、再び、世界戦争になります。わかりますか。
タキ　まだるっこいね。手っ取り早く言やあ、食パンの取りっこから戦になるんだろう。
山口　うん？　だいたい合ってる。そんな戦をしちゃあならないって運動を始めた人たちが一昨年の三月と去年の四月に警察につかまえられたの。その人たちを救援しようと、お金を集めているの。
タキ　だから、これ、十円もらってきたじゃない。
山口　お金じゃなく、先生の色紙がいただきたいの。
タキ　色紙なんかもらってどうすんだい。
山口　売るの。先週も、俳優の井上正夫さんが三十枚書いてくださり紀伊國屋書店で百円売れました。
タキ　あんたお金をなにに使うんだい？
山口　だから逮捕者の救援だって……。
タキ　あんたが九円だってから、あたしゃあ十円もらってきたんだ。
山口　参ったなあ。奥さんは？
タキ　晴奥様は、八束さんが来月小学校だもんでランドセルを買いに三越まで。
山口　弱ったなあ。

そこへ、八十、出てきた。

山口　あ、先生。勝手にお邪魔してます。（と、やけに低姿勢）

八十　なにが不満なんだい？

山口　色紙は書けないけど金は出すって、つまり、支援者として名は出したくないってこってしょう。

八十　まあ、そういうことだ。

山口　先生のような大衆に対して指導的立場にある方が、国家権力の不当性を表明することがですね。

八十　僕は大衆を指導しようとは思わない。慰めるのが仕事でね。

山口　それが十円のはした金でお茶を濁すんですか？

八十　十円は僕にとっては、はした金じゃない？

山口　『唐人お吉』、二十万枚売れたそうじゃないですか。

八十　売れたと言っても、作詞者の僕がいただいたのは三十円だからね。

山口　こんな日本が重大な岐路に立っているとき、『唐人お吉』はないでしょう。

八十　そうかね。日本が植民地になるかならないかという重大な岐路に立っていたんだ。そういうときに国家権力によってハリスの妾にされたお吉の存在からね。

山口　ふん。「お吉可愛いや、コンセル通い」。ただセンチで軽薄で無内容な……。

八十　君らは、民衆、民衆と言うが、現実の一般大衆が好む作品は、センチで軽薄で、無内容な……。

そこへ、表から自動車の警笛。

八十　ごめん、迎えが来ちゃった。これ以上、君と議論している時間がない。失敬するよ。その十円で勘弁してください。（と、出て行く）

山口　（歌う）卑怯者、去らば去れ
　　　我らは赤旗守る

タキ　そういう気分をセンチてえ言うんじゃないの。

下田の旅館。
地方の名士たちの中に、岡、樋口、色紙を書いている中山晋平。
半玉の鈴千代さんが踊るが、晴子さんに瓜二つ。

おもひだします、お吉の声を
磯の千鳥の啼く音さへにも

下田港の黒船ゆゑに
うたふ涙の明烏、サイナ

恋の黒船、煙よりうすい

仇な情けの一夜の妻よ
お吉可愛いや、お吉可愛いや、領事館がよい
黄楊の横櫛、洗髪、サイナ

鈴千代、お辞儀をして去る。

岡　うーん。囃子言葉のサイナってのが土の匂いがして実にいい。
晋平　三月前、ここに八十さんとお邪魔して、「下田節」を聞かせて頂いたのが参考になりました。
岡　普通、こんな地方の新民謡は、無名の作詞、作曲家のアルバイトなんです。この中山、西條という飛ぶ鳥を落とす勢いの方々がわざわざ三度もこんな電車の通わない所まで来てくださるというのはよほどのことなんです。
晋平　十四歳で芸者になったお吉が新内を得意で、「明烏」を歌ったと聞いて、西條先生が、新内流しを挟んだんです。（名士に色紙を渡す）どうぞ。
名士　ああ、どうも。西條先生は？
樋口　今、芸者衆に歌の指導をされています。
岡　歌の指導なら中山先生が……。
中山　いやいや、西條先生がいいんですって。

そこへ、短冊を持った鈴千代と八十。

岡　やあやあ、ご苦労さん。
鈴千代　お粗末でした。
名士　まあ、お一つ。（と、徳利を持つ）
岡　いやいや、西條先生からじゃないと。
八十　はいはい。（と、徳利を受け取る）
鈴千代　先生から！　嬉しい。
樋口　さあ、みなさん、東京湾汽船の菊池重役と村長さんが、蓮台寺の方でお待ちですから、河岸を変えましょう。
鈴千代　（八十に）先生。
八十　はいはい、なんでしょう。
鈴千代　先生、短冊を書いていただけません。
八十　いいよ。
芸者　お車が来ております。
岡　（立ち上がって）さあ、行きましょう。

と、みな、座敷を出て行く。
八十、筆を取る。

鈴千代　（本を出して）私、先生の「活動写真」という詩が大好きです。
八十　ほう。「赤い鳥」を知ってるの。

M―9『毬と殿様』のメロディー聞こえて来る。

鈴千代　亡くなった父が、毎号買ってくれていました。
八十　ほう。
鈴千代　（読む）「活動寫眞の母さんは／重い病気で死にました
可愛いトムは倫敦の／街で新聞賣ってます
トムの父さん悪漢で／汽車の窓から逃げました」

二人は歩き出す。

八十　（手を握って）先生のこと、お父さんと思っていい？
いいとも。

鈴千代　センセ。どうして人間は大人になってしまうの？
八十　生きることに慣れると、なんかをなくしてしまうんだよ。

二人、月夜の港へ消えて行った。

鈴千代の声　活動寫眞の幕が下り／出れば静かな田舎です
ぼくの右にはお父さん／ぼくの左にやお母さん
早く歸ってお休みと／月夜の雁が啼いてます

蔓バラのアーチの前に嫩子。

嫩子　パパは、この年、『少年詩集』を講談社から、『第三詩集・美しき喪失』を神谷書店から、『叙情小唄集』を宝文館から、『随筆集・哀しき破片』を資文社から、『令女詩集』を平凡社から出し、童謡、『毬と殿様』を書きました。

嫩子、アカペラで歌う。

てんてんてんまり　てん手まり

てんてん手まりの手がそれて
どこからどこまで　とんでった
表の通りへ　とんでった　とんでった

5

ビクターの録音室。

派手なドレスを着ている千夜子と晋平と岡、樋口。

千夜子　なんですか、この「愛して愛して頂戴」って。

岡　千夜子さん、ここは目をつぶって……。

千夜子　岡さん。「須坂小唄」「紅屋の娘」「初恋小唄」。だんだん下品になって、今度ぁ「愛して頂戴」ですか。

晋平　いかんですかな？

千夜子　私、ローシー先生の帝劇オペラにあこがれて、上野の音楽学校に通ったんです。それが「愛して頂戴よ」あんまりだわ。

晋平　お芝居にしろオペラにしろ、観客がいなければ持続的な活動はできないでしょ。お金持ちのお坊ちゃんお嬢ちゃんたちが、西洋に行ってオペラを観て、文明国にはオペラぐらいなきゃいかんなどとほざいているのがちゃんちゃらおかしい。

千夜子　そりゃ、先生がオペラの素晴らしさをご存じないから……。

岡　しかし、そのイタリアからいらしたローシー先生のオペラはどうなりました。客が入らず帝劇を追ん出され、私費を投じたローヤル館も結局、閉鎖。

そこへ「遅くなりました」と、八十、入って来て、異様な雰囲気を感じる。

千夜子　大衆と妥協するったって限度があるでしょう。西條先生。

八十　は、はい。

千夜子　この「日暮れになると涙が出るのよ」って、本当に先生がお書きになったんですか？

八十　……書きました。

千夜子　『唄を忘れたカナリア』を書かれた先生はどこに行ってしまったんですか？

八十　近ごろのものは、じめじめした女の恨みつらみばかり。

千夜子　ただ売れさえすればいい。ただお金が儲かればいい。たいがいにしてよ。

岡　しかし、君はオペラの勉強にイタリーに行きたいんだろ。もう一、二年辛抱すれば、留学の費用だって会社から出る。

千夜子　私、イタリーに行く費用、五千円ためました。

八十　それはすごい。

晋平　君ね。レコード会社は、歌手にはお金を払うが、「東京行進曲」が二十五万枚売れても、八十さんは三十円しかもらってないんだよ。

岡　まあまあ……。

晋平　君が五千円ためられたのは誰のお陰だと思ってるんだ！

千夜子　この三月に来たイタリーのカーピ歌劇団の「リゴレット」ご覧になりました?

晋平　いいや。

千夜子　素晴らしいのよ。その華麗さ。緻密さ。芸術家が命をかけて、作っているのよ。売れるからってパッパカパッパカ小汚い流行歌を乱作なんてしないのよ、あちらは。

樋口　わかりました。そんなにお嫌なら他の方に歌っていただきます。岡さん、ビクターの専属で誰かいるでしょう。

岡　仕方ないですな。

二人、出て行く。

沈黙。

晋平　ね、佐藤君。この曲はあなたの歌唱力を計算に入れて書いたものです。

千夜子　だから?

晋平　松井須磨子は僕の曲をたくさんヒットさせてくれました。でも、はっきり言って彼女は音痴でした。ですから、僕は思うままに曲を作ることができませんでした。

千夜子　技術だけを売って生きていく人のことを芸術家とは呼びません。

晋平　(立ち上がって)それなら、私は芸術家でなくて結構です。

千夜子　私と先生は、生きる道が違います。

晋平、出て行く。沈黙。

八十　そんなにイタリーに行きたいの？
千夜子　先生だって三年、パリにいらしたでしょ。
八十　佐藤君。
千夜子　千夜子って呼んで。
八十　千夜子。流行歌手の命は短い。三年もブランクがあれば、大衆はもう次のヒロインに夢中になってしまう。一度、忘れられたら、おしまいだよ。大衆は、熱狂しやすく冷めやすい。
千夜子　女の命も短いのね。
八十　なんだ？
千夜子　先生、私が邪魔っけになったんでしょ。近ごろ、全然会ってくださらない。
八十　そんなことはないよ。忙しくて……
千夜子　なら、こんだ、どっかに連れて行ってくださる？
八十　うーん。よし、飯坂温泉から新民謡を頼まれている。飯坂に行こう。
千夜子　嬉しい！　愛して頂戴ね。
八十　それでいいね。（表に）佐藤さん、歌ってくださるそうです。
千夜子　ねえ、キッスして。

八十　ちょっとちょっと。
岡　（入ってきて）いやあ、助かる。どうぞスタジオの方へ。
千夜子　（ため息をして）これ、一曲だけよ。

千夜子は、録音室に行く。

樋口　（入ってきて）八十さん。どんな奥の手があるんです。
晋平　本当、僕のような信州の山出しにはできない芸当だ。
八十　おいおい、人聞きの悪いこと言わんでくれよ。
晋平　いやいや、下田でも、あのなんとかいう可愛い半玉といつの間に消えちまいましたからね。
八十　あれはただ、彼女に下田の町を案内してもらっただけですよ。
樋口　先生、あの鈴千代って娘はよしたほうがいい。下田から追い出されたようですよ。
八十　追い出された？
岡　準備、できました。

M―10『愛して頂戴』前奏始まる。

樋口　（指をまげて）悪い癖を持ってるようで。お客の紙入れから金を抜き取ってね。

八十　ええ？　あの娘が……

　そこで、千夜子が歌った。

千夜子　ひと目見た時好きになったのよ
　何が何んだかわからないのよ
　日暮れになると涙が出るのよ
　知らず知らずに泣けてくるのよ
　ねえねえ愛して頂戴ね
　ねえねえ愛して頂戴ね

　夜中にあなたのお目がさめたら
　それは私が呼んだ声よ
　思う心が風になったのよ
　いとしお部屋の窓にうつのよ
　ねえねえ愛して頂戴ね
　ねえねえ愛して頂戴ね

早稲田の教室の黒板の前の八十。

八十　アルチュール・ランボーは、詩人はヴォワイヤンでなければならないと考えていた。ヴォワイヤンとは、この世界を見る人という意味だ。そして自分を見ること。自分を見るとは、自分を他人として見つめることだ。詩人は、いろいろな形の恋愛、苦悩、狂気を梃に、自分の中の一切の毒を汲み尽くしてヴォワイヤンになる。そこで、ランボーは偉大な病人、偉大な犯罪者、偉大な呪われ人となろうとした。

柏木の家で芝居のちらしを見ている晴子と伴田。
離れて樋口。

伴田　伴田五郎じゃ役者らしくないって言われまして。
晴子　友田恭助。かっこいいじゃない。
樋口　先月の築地座のお芝居、お客さん凄かったたってそうですね。
伴田　芝居は映画やレコードとちがって複製がきかないですから、入ってもトントンなんです。で、今日も先輩にお願いに。
晴子　築地小劇場、改築するんですか？
伴田　はい。今の建物は、震災後に急拵えした安普請ですから。

晴子　あなた方は偉いわ。貧乏しても、初心を貫いて。樋口さん。
樋口　はい。
晴子　今日はどんなご用なの？
樋口　いえ。ご無沙汰していますから、ご挨拶に。
晴子　ご無沙汰なんかしてないじゃないの。また、低級な映画のお話じゃないでしょうね。
樋口　低級と申しますと？
晴子　あれですよ。『天国に結ぶ恋』。
樋口　ハハハハハ。
伴田　大磯で慶応の学生と愛人が心中した。そんな際物映画の主題歌をなんで、西條八十が書かなきゃあならんのです。
樋口　「今宵名残の三日月に、消えて淋しき相模灘」うまいじゃないすか。
晴子　うちの主人を、なんだと思ってるの？
樋口　いや、先生はどちらもできる方だから。
晴子　たしかにお金にはなるけど。

そこへ、八十、出てきて、伴田に封筒を渡す。

八十　少なくてすまんが、二十口、協力させてもらうよ。

伴田　ええ、二十口も。ありがとうございます。
八十　五郎君と田村秋子さんの新たな出発のお祝い。
晴子　五郎さんじゃなく恭助さん。
伴田　どうです。私と秋子で作る「築地座」にフランスの芝居を翻訳していただきたいですがね。
八十　そうだねぇ。
伴田　パリでモリエールやイプセンを毎週のように観ていらしたんでしょ。
八十　おお、樋口君、来てたの。
樋口　はあ、今、奥様からお小言を食いまして。
伴田　あ、それじゃあ私はそろそろ。
晴子　いえ、こちらはすぐお帰りになるから、ゆっくりしていって。
伴田　いやいや、これからもう一軒行かなければならないんで。
樋口　たかりにですか？
伴田　え？
樋口　いえいえ。私はなにも。
伴田　いつも、無心ばかりで。（立ち上がる）
晴子　（送りながら）また友田恭助と田村秋子が築地で見られるのね。

三人去り、沈黙。

樋口　（小声で）先生。例の芸者、居所、わかりましたよ。
八十　例の芸者？
樋口　下田で『唐人お吉』踊った鈴千代ですよ。
八十　ボクは別に……。
樋口　鈴千代、先生に是非とも会いたいって言ってますがね。

そこへ、晴子。

八十　樋口さん、何度も言っているように、今年はランボー研究に没頭したいんでね。
樋口　お忙しいところ申しにくいんですが……。
八十　と、言って押しかけてきたじゃありませんか。
樋口　はあ、今度、ルネ・クレール監督の「パリの屋根の下」ちゅう映画をわが社で配給することになったんですが、その主題歌に日本語の歌詞をつけたいんです。
八十　ルネ・クレールか！
樋口　先生に当て詞なんて失礼ですけど、なんとかお願いしますよ。ね、他の詩人じゃ、パリの香りが出ない。音盤は届いているんですが、なにせフランス語がわからない。（と、レコードを出す）
八十　（晴子に）おい、蓄音機。

晴子　はい。（去る）

八十　ルネ・クレールのものなら観たいなあ。僕はパリで……

樋口　どうやら、東京に来てるらしいんですよ。

八十　ルネ・クレールが？

樋口　いや、鈴千代ですよ。

八十　ええ、東京に？

樋口　なんとか先生に会いたいって言ってきてるんですがね。

晴子が、ポータブルの蓄音機を持ってくる。

樋口　素晴らしい歌なんですよ。（と、ハンドルを回す）それにしてもこの蓄音機、旧式ですねえ。

八十　『唐人お吉』三十万枚売れても、僕には作詞料、三十円ですからね。

フランス語で歌われる『巴里の屋根の下』。

晴子　これがフランスの小唄ですか。

八十　うん。フランスでは小唄のことをシャンソンと言うんだ。

樋口　田谷力三に歌わそうと思っているんです。

八十　浅草オペラの？（晴子に）万年筆。
晴子　はい。（と、出て行く）
八十　ねえ、これ、佐藤千夜子はどうだろう。
樋口　いや、千夜子は……。
八十　千夜子で行くなら当て詞、書いてもいい。
樋口　いいえ、彼女は来月、イタリーに行っちゃいます。
八十　ほんとか？

M-13『パリの屋根の下』前奏始まる。

樋口　先生が邪険にするからですよ。ちっともかまってあげないから。下田の田舎芸者より、佐藤千夜子の方がずっといいのになあ。
八十　そうじゃない。千夜子は僕なんかとちがって、現状に満足しない。常に上を見ている。彼女に歌ってもらいたかったんだけどなあ。

一隅に千夜子が浮かび、歌った。

千夜子　巴里の屋根の下に住みて、楽しかりしむかし

燃ゆる瞳、愛の言葉、やさしかりし君よ
鐘は鳴る、鐘は鳴る、マロニエの並木道
巴里の空は青く晴れて、遠き夢を揺する

千夜子、消え、夕暮れの座敷に一人座っている八十。

八十　なつかしの想い出に、さしぐむ涙
なつかしの想い出に、流るる涙
マロニエ、花は咲けど、恋し君いずこ

嫩子　昭和五年十月。佐藤千夜子さんは「春洋丸」でイタリーに旅立ちました。横浜の港には、ビクターの岡さん、中山晋平さんと一緒にパパも見送りに行ったそうです。

向島の料亭。八十の前に、鈴千代。

八十　（筆を置いて）ああ、鈴千代か。
鈴千代　千景と呼んで。
八十　千景。下田にはいられなくなったんだってね。聞いてるよ。

千景　私が、泥棒したっていうんでしょ。

八十　まあ、そんなところだ。

千景　あすこにね、二つ歳下の雪太郎ちゃんて半玉さんがいたんです。その子がある晩、お客さんのお金を二十円盗んだんです。騒ぎになったとき、私、真っ青になってふるえている太郎ちゃんがかわいそうになって、私だって言ってやったんです。

八十　そうか。噂を聞いても、まさか君みたいな子がお金を盗む筈ないと思ったさ。

千景　嬉しい！　やっぱり、来てよかった。

八十　それで、今日はなんの用なの？

千景　私、下田からここ「向島園」に出てるのですけど、ちょっと困ったことがあって……

八十　なんでも言ってごらん。僕は下田で君のお父さん代わりになるって約束したんだから。

千景　実はここのお客様で、京都西陣の織物問屋の若主人が……。

八十　君のことを気に入って身請けしたいと言ってきた。そうだろう。

千景　ええ。ここの主人もその話に大乗り気で……

八十　でも、その男、君の好みじゃない。

千景　あんな男の二号さんになんかなるんだったら、死んだほうがましです。（シクシク泣き出す）

八十　君の借りてるお金はいくらなの？

千景　大学の先生にお金の話なんかして、私って……。

八十　うん。嫌な男の元に行くのはもうしばらく待ちたまえ。

千景　先生！

八十　金は僕が何とかしよう。

遠くからかすかに、レコードが聞こえてくる。

M—14『銀座の柳』

植ゑて嬉しい銀座の柳
江戸の名残の薄緑

黒板の前に八十。

八十　ヴェルレーヌは奥さんのマティルドと離婚し、アルチュール・ランボーと漂白の旅を続け、美少年リュシアン・ルティーアが死後、娼婦フィロメーヌと絶縁することができず、無教養で吝嗇なこの女が最期を看取りました。人間は溝の中を這いずり回りながら、聖なるものに近づく。わかるか？

窓の外からの『銀座の柳』、大きくなり、学生たち指さす。

八十　何がおかしい！　外に気を散らすんじゃない。

吹けよ、春風、紅傘日傘／今日もくるくる人通り

二階屋で、洋装の千景がちゃぶ台を持って上がってきた。コロンビアの片谷が文机を運んでくる。

片谷　机はどこに置きましょうか？
千景　ああ、先生がお仕事なさるんですから、窓のとこがいいでしょ。
片谷　うーん。ここで名作が生まれるといいんだが。次は布団だな。
千景　すみませんねえ。
片谷の声　いえいえ、あなたを身請けするために、先生はお金が必要になった。つまり、八十先生が私どもコロンビアと契約してくださったのはあなたのお陰。（布団を運び入れる）よっこらしょ。
八十の声　ごめんください。
千景　あら、先生。こっち、こっち。（下へ降り出して）道、分かりました？

八十、上がってくる。

八十　日吉坂上からかなりあるね。

片谷　ご連絡くだされば、お迎えにあがりましたのに。

千景　先生、お茶になさる？　それともおビール。

八十　ねえ、千景さん。この家財道具は、どういうことです。

千景　親元身請けって形だったんで、ずっと安くすんだの。で、いただいたお金が残ったから、お布団なんかも買えたんです。

八十　あのね、僕は、君が織物問屋の倅の妾になるのが嫌だっていうから、それでお金を作ったんで……。

片谷　まあ、先生。ここを仕事部屋と考えてお通いになるのもいいじゃありませんか。

八十　君は自由になったんだから、自分のやりたいことをね。

千景　……。大変なお金を出して、私を身請けしてくだすったんですもの。はい、ありがとうございましたって、勝手にするなんて人の道に外れますわ。

八十　人の道か。

千景　(啜りながら)一月でも、私を引き受けてください。それで、お気にいらなかったら、ほっぽり出してくだすってかまいません。

八十　僕は自由主義者だからね。そりゃ恋愛は認めますよ。しかし、人間を売り買いするというのは。

千景、しくしく泣き出す。

片谷　じれったいねえ。箱根から東にゃ、野暮と化け物はいねえって言うのに。
千景　先生。先生は私のこと、嫌いなんだ。
八十　嫌いだったら、あんな大金出さないよ。
千景　だったら。(と、ひっつく)
片谷　先生、お金が必要なら、いつでも言ってください。
八十　今度はなんだ。コロンビアとしては、どんな目論見なんだ。
片谷　秋の万国博覧会に、ドイツのハーゲンベックの曲馬団が来ます。それにあわせて、曲馬団の歌を一つ。
八十　サーカスか……。(遠くを見る)

M—15『サーカスの唄』

旅の燕、寂しかないか
俺も寂しいサーカスぐらし
とんぼがへりで今年も暮れて
知らぬ他国の花を見た

柏木の家。

レコードを聞いている母、徳子。

徳子　晴さん。晴さん。
タキ　若奥様は今病院です。
徳子　疫痢だって言うじゃないか。剣呑なことだねえ。
タキ　まだ五つでいらっしゃいますから。
徳子　跡取りの八束に、もしものことがあったら。
タキ　いいえ、奥様が泊まりがけで看病なさったので、もう峠は越したそうで、今日はお帰りになるとお電話が。
徳子　パコは？
タキ　お嬢様は、お部屋でピアノのお稽古でございます。
徳子　八十はどこをほっつき回っているんだろうね。
タキ　先生は、今日は大阪です。
徳子　ええ！　あの子は大阪にも女こさえたのかい。
タキ　いいえ、大阪放送局のお仕事ですよ。お仕事。

ガラス戸の音。

タキ　ああ、若奥様でございます。（と、出て行く）
徳子　晴さん！

盲目の徳子、歩き出そうとして、転げる。
そこへ、晴子。

晴子　あらあら、お母様。（と、抱き起こす）
徳子　どうだい、八束は。
晴子　今日はリンゴしゅっしゅを食べました。
徳子　そうかい。
晴子　お医者様、もう大丈夫だからって。それで帰ってまいりました。
徳子　いつも、お前にばっかりやっかいになってすまないねえ。
晴子　いいえ、大丈夫ですよ。
徳子　お前もよく辛抱するねえ。
晴子　八束は私の子ですもの。
徳子　あの半ちくな男、八十のことだよ。こんなときに大阪に行っているんだって。
晴子　ああ、大変。もう八時だ。

と、ラジオのスイッチを入れると音楽。

徳子　ずっとお前に貧乏させて、ちょいとお金が取れるようになったら女遊び。これじゃあ、間尺に合わないねえ。

晴子　八十さんは、武勇伝を作るのが好きなんですよ。

徳子　いいや、あの子、なんか隠しているよ。

アナの声　詩の朗読の時間です。

徳子　目が見えなくなってから、あたしゃ勘が働くようになったよ。

アナ　詩人西條八十さんが「母の部屋」という詩を朗読してくださいます。

晴子　シー。八十さんですよ。

八十の声　ごめんくださいい、お母さん。

徳子　はい。八十かえ。

八十の声　久闊であなたのお部屋に入ります。

徳子　どうぞ。

八十の声　けふは妻も子供たちも女中も、みんな出かけて
　　　　あなたと僕だけが留守居です

徳子　晴子がいるよ。

八十の声　お眼のわるいあなたは

櫻のちる春の午後も
木兎のやうに炬燵に蹲つてゐらつしやる。

家の奥から嫩子の弾くピアノの音が聞こえてくる。

徳子　八十。どこだい？（と、立ち上がる）

八十の声　僕はいま新しい陸地を発見した船乗のやうに
驚異の眼であなたを見まもります

徳子、バタリと倒れる。

晴子　お母様！

八十の声　生みの母であるあなたを熟視して

晴子　（側に寄って）お母様。（抱き起こす）しっかりしてお母様。タキさん。

タキ　はい。

晴子　お母様のお部屋に。

タキ　はい。

二人で、徳子を部屋から出す。
誰もいない部屋に八十の声とピアノの音が聞こえる。

八十の声　僕は底気味わるい戦慄をさへ感じます。
さあ、ぼつぼつ昔の話でもしませうよ。

ビアガーデン。
高い所に、八十、晋平、岡。

晋平　『唐人お吉』が流行って下田にどっと観光客が行くようになった。それで、飯坂、須坂、そして鹿児島からも新民謡を作ってくれって、止めどがないんだよ。
岡　いや、東京生まれの八十さんに東京の盆踊りの歌を作っていただくのはどうかと。
八十　東京の盆踊り？
晋平　春の苗床作り、田植え、夏の草取り、秋の刈り入れ。東京は農村じゃないから、季節もなければ盆踊りもない。
岡　去年の国勢調査により東京の人口、五百八十万。でも、八十さんのような生粋の江戸っ子は五人に一人っかない。
八十　「ふるさとの訛なつかし、停車場の人ごみの中にそを聞きに行く」
晋平　啄木は岩手か。私も東京に出てきたとき都会が冷たくて、信州中野が恋しかった。野口雨情は茨城、白秋は柳川、夢二は岡山。
岡　明治維新から六十年、地方からたくさんの人々が集まってきて今の東京を作った。
晋平　わしらが盆踊りを踊れるのは、お盆で帰ったときだけ。それも、もう、何年も帰ってない。

八十　故郷を失った人たちの盆踊りですから、土の匂いのする奴じゃないと。
晋平　鹿児島のおはら節の三味線の前弾き、あれどうです。
岡　うん、あれは土の匂いがする。
八十　晋平さん、鹿児島の喜代三姉さんに入れ込んでいらっしゃるとか。
晋平　そういうあんただって日吉坂上にずいぶんご執心だそうで。
八十　(時計を見て)あ、いけない。僕、約束があります。東京の盆踊りの唄、かならず書きますから。

と、出て、祭りの準備をする群衆の中に消える。

晋平　東京の盆踊りか。
岡　江戸趣味の八十先生がフランス文学というのも不思議だが、その高踏派の詩人が大衆歌謡や民謡にのめり込むのも不思議だ。
晋平　西條君が言ってた。「流行歌というものは流行り廃りがある。切り花のように一時は持てはやされるけれど、時が経つとしおれて捨てられてしまう。そこへ行くと各地に作る新民謡は花の種を蒔くようなもので、その土地の人が、水をやり肥やしをやってくれるように何十年も歌い続けてくれるから、嬉しい」。
岡　うん、貴族的なくせに、庶民の気持ちを理解する。うーん。理解するんじゃなくて、寝るんだな。
晋平　寝るのか……。

千景の二階。日活の樋口と八十。

樋口　じゃやっぱり、あの噂は本当だったんですか？

八十　『十九の春』を書いていたときだった。疲れてごろっとここに横になったんだよ。そこへ千景が二階へ上がってきた。僕はひどく眠かったので目を開けずにうとうとしていた。

樋口　先生、仕事のし過ぎですよ。

八十　千景は僕が眠っていることを確かめると、その壁の方に忍び足で寄って行った。麻の上着に手をのばすと、内ポケットから僕の財布を引き抜いたんだ。

樋口　ええ！

八十　彼女が下に降りてから、財布を調べてみたら、やっぱり四十円ぐらい引き抜かれている。

樋口　しかし、こんな所で、先生からお金を盗んだらバレルに決まってまさあね。

八十　ちょっと入り用な金があって、僕を起こすのが悪いから、借りたのかと思ったが、下に行って彼女と顔を合わせたがなんにも言わない。相変わらず、天使のような顔をしてる。

樋口　そうですか。

八十　それからちょくちょく、僕の財布から金がなくなるようになった。

そこへ、「ただ今」と千景。

八十　お帰り。
千景　冷や奴買ってきた。ねえ、樋口さん、食べていってくださいな。
八十　いや、今日はどっかレストランにでも行こう。
千景　外で食べるなんて、もったいないわ。
八十　千景。僕が毎月あげるお小遣い、足りないんじゃないか？
千景　（ニッコリ笑って）いいえ。十分頂いてますわ。じゃ、お食事の支度してきますわ。

と、去る。

樋口　とんだ食わせものですね。別れるっきゃないでしょう。
八十　そうも思った。だが……。
樋口　先生。「人を切るのが侍ならば／恋の未練がなぜ切れぬ」
八十　歌の文句を書くようにはいきません。
千景の声　先生、夕顔、咲きましたあ。

M－16『東京音頭』が遠くから聞こえる。

八十　ぜんぜん悪びれるところがない。僕は千景を人形のようにかわいい女だとしか思ってなかった。人形のように見える少女はその体内に、どす黒いものを隠してる。こうなってみると、人間に対する興味というか、もう少しあの子を見ていたいという気がする。

千景の声　先生。外をごらんなさいよ。空が血の色してる。

八十　また、あれか。

樋口　大したもんです。今年の夏は東京中の空き地という空き地に櫓が建ちました。維新の遷都以来、東京の民衆が失っていた祭りがこの町に帰って来たんですよ。

八十　僕は、なんか怖い気がする。

柏木の家。

徳子を看病する晴子。

徳子　八十はまだかい？

晴子　もう、じきに帰って来ますよ。

徳子　また、あの踊りをやっているね。

晴子　タキさーん。窓を閉めてちょうだい。

徳子　タキも、嫩子と八束を連れて、盆踊りに出かけたよ。

晴子　（窓を閉める）仕方ないわね。

徳子　あの三味線が下品でうるさいね。
晴子　あの前弾きが、鄙びていていいんですって。
徳子　うるさいことだのう。
晴子　はい。宮城まで届いて、皇后様がお休みになれないとかで、日比谷公園では、午後九時で打ち切りと警視庁が指令を出したそうです。

ハア、踊り踊るなーらチョィト東京音頭
花の都の真ん中で
ヤットナ、ソレ、ヨイヨイヨイ
ヤットナ、ソレ、ヨイヨイヨイ

故郷を失った群衆がどっと出てきて踊り出す。
そこへ、八十入ってくると、群衆、ストップする。

八十　お母さん！
晴子　今まで私とお話ししていたのよ。
八十　お母さん！（手を取る）晴子。この手をごらん。西條家に嫁に来てから、働きづめで、こんなに曲がっちまってる。

郵便はがき

101-0064

東京都千代田区
猿楽町二—四—二
（小黒ビル）

而立書房
行

通信欄

而立書房愛読者カード

名　カナリア　246−3

住所　郵便番号

りがな)
芳名　(　　歳)

職業
校名)

買上げ　(区)
店名　市　書店

購読
聞雑誌

近よかったと思われた書名

後の出版御希望の本、著者、企画等

籍購入に際して、あなたはどうされていますか

1. 書店にて　2. 直接出版社から

3. 書店に注文して　4. その他

店に1ヶ月何回ぐらい行かれますか

(　月　回)

晴子　ええ。
八十　母さん、ご免なさい。母さん、僕を許して……。
『東京音頭』、大音響になり、群衆の中に徳子が消えて行く。
八十　（外に向かって）うるさーい！
晴子　あなた！
八十　何が花の都だ！
低く、土俗的な音楽、始まる。

蔓バラのアーチの下に嫩子。

嫩子　（読む）「僕を生んだ母は、神奈川県藤沢の商家の生まれで、文字ひとつ書けぬ無学な人だった。幼い頃、深夜ふと目をさますと枕もとで、昼間の家事や育児に疲れ果てた母が一心に習字の稽古をしていて、僕は母のその姿に神々しいものを感じた。そして、その感じが長じても僕の運命を支配し、母に似た無教養な女性を妻に選ばせたのである」

群衆が踊りをやめて祭壇に花を捧げる。

M—17 『村の英雄』

八十 （歌う）村の大きな黒牛が　春の夕ぐれ死にました
永年住んだ牛小屋の　寝藁の上で死にました

女やもめのご主人に　いつも仕えた忠義もの
朝晩重い荷を曳いて　黒はすなおな牛でした

お寺の鐘は鳴りません　けれど花は散ってます
村のやさしい英雄が　春の夕暮れ死にました

二幕

7

オリンピックのファンファーレ。

成城の豪邸の庭には蔓バラのアーチ。

嫩子　昭和十一年、パパはベルリン・オリンピックの観戦記を書くためにドイツに行き、「前畑ガンバレ」やゲッペルスの横顔をニッポンに送りました。その一方で、欧州の女性たちとのアバンチュールを楽しそうに書き残しています。（読む）「スタジアムから帰ると、下宿には若い美女が待っていて、また誘惑されるのだ」。まったくしょうがないパパ。昭和十二年の夏休み、パパは、信州上林温泉に籠もって、久しぶりにランボー研究に精を出しました。七夕さまの日に起こった日支事変も最初は人ごとのようでした。

柏木の西條家。

晴子、その傍らに伴田と八十。

伴田　（読む）かの教え子もうせにけり
この教え子もうせはてぬ
いつも吾が来るこの丘は

草ひとすぢに風吹けば
　やさしく撓み、伏すごとく

晴子　先月、仏文科の教室から三人取られたって、家に帰ったなり布団かぶって寝ちゃったの。

伴田　そうですか。

晴子　お芝居の方はどうですか？

伴田　一緒に芝居をやっていた仲間はほとんど監獄か地下です。

晴子　そう。

伴田　僕はずっと、築地の連中があまりに政治的になり過ぎ、戦争反対や植民地主義反対ばかりを唱えているのを嫌っていました。で、演劇に文学を回復したいと願う同志たちと、新しい劇団を作りました。

八十　うん。間違ってはいない。

伴田　しかし、反戦芝居を嫌っていた僕にも、赤紙がきて、お芝居そのものができなくなりました。

八十　うん。

伴田　（本を出して）これ、「ファニー」の原書なんです。帰ってきましたら、ぜひ上演したいと思いまして。

八十　（受け取って）マルセル・パニョルか。

「パパ、お電話」と、二十歳になった嫩子。

八十、出て行く。

嫩子　（客のいるのに気づいて）ああ！　失礼しました。

晴子　伴田さんよ。友田恭助さんて言ったほうがいいかな。

嫩子　あ！　（ピョコンと頭を下げる）

伴田　ええ！　パコちゃん？

嫩子　はい、嫩子です。父と「どん底」観に行ったとき、お会いしました。幕切れに死ぬ役者の役やってらした。

伴田　まだ、女学生だったんじゃない。

晴子　友田さんね、支那に行かれるの。

嫩子　お芝居を持って行かれるんですか？

伴田　いいえ、鉄砲担いで行くんです。

嫩子　召集……ですか。

伴田　はい。

晴子　友田さんがいなくなると「築地座」、困るでしょう。

伴田　なあに、支那駐屯軍は、今年中に南京まで進むと言ってますから。来年初めには帰って来ますよ。

嫩子　飛行館ホールの田村秋子さんの「にんじん」。目に焼き付いていいます。

晴子　奥様のお気持ちを思うと……
伴田　秋子は、あれで気丈な女ですから。

八十、戻ってくる。

嫩子　友田さんは俳優さんでしょ。俳優さんが、どうして戦争に行かなきゃならないの？
伴田　お百姓さんは、みんなが食べるものを作ってるでしょ。労働者は、工場で働いている。芝居なんてものは、人間が生きていくためにどうしても必要なもんじゃない。
嫩子　そう言えば、詩人だっていらない人でしょ。
伴田　おやおや、パコちゃんも理屈を言うようになった。
晴子　あんた、小さいとき、五郎さんに「高い高い」してもらって、喜んで涎たらして、五郎さんの顔にポタ――リペタ――リ。
嫩子　あら、やだ。
八十　伴田君、僕も支那に行かされることになったよ。
晴子　……
八十　まさか、四十五になった僕を召集はしない。読売新聞の依頼で首都南京攻略の従軍記を書くことになった。向こうで会えるかもしらん。
嫩子　パパは、戦争をしちゃあ後で泣きごとを言うのが、愚かな人類の歴史だって言ってたじゃないの。お断りできなかったの？

八十　学生たち、そして友田君が召集されてる今、私が嫌だと言えるかね。僕の教え子たちも、十九や二十歳で応召してるんだ。

レコードが聞こえてくると、軍事ポスターが次々に張られて行く町の中を若い兵士がゆっくり行軍して行く。

M—18　『愛国行進曲』

見よ　東海の空明けて
旭日高く輝けば
天地の正気　溌剌と
希望は踊る大八洲

コロンビアのスタジオ。
片谷の横に、軍服の堀江中佐。

片谷　西條先生。こちらが海軍兵学校堀江中佐殿です。この度、日本国政府もようやく文化、芸術が国民大衆に与える多大な影響を認識することとなり、レコード、映画の民間会社にも、協力の要請がありました。

八十　は。

堀江　この度、内閣情報部が『愛国行進曲』を懸賞募集した。だが、その入選作と言えば「旭日高く」とか「金甌無欠揺るぎなき」とか、一般庶民が親しめるものではありません。

片谷　ま、そこで、八十先生にご出馬願おうということに、あいなったわけです。

八十　はあ。

堀江　先生のお力をもって、六千万国民の心を一つにするような、みんなが進んで歌えるような……

八十　しかし、私はその……女々しい歌謡曲や少女好みの叙情詩ばかり書いておりまして、その……軍歌のような勇ましい歌は不得意でして……。

片谷　民謡もシャンソンもこなす先生にできないことはないでしょう。

八十　しかし、軍歌となりますと。

片谷　しかも、堀江中佐は、貴方の義理の兄さんの広辻少佐と、呉の兵学校で同期なんですよ。

八十　広辻の義兄と。奇遇ですなあ。

堀江　「姉よ、亡き姉よ、その昔おんみと住める懐かしき土地に、いま弟は在るなり」

八十、びっくりして立ち上がった。

堀江　あなたは、お姉様の兼子さんをしのんでこの詩を書かれた。

八十　はい。姉は、広辻さんの駐屯地朝鮮で、三十三の時に……。
堀江　私は京城に駐在していた頃はよくお邪魔して、お姉さまの手料理をご馳走になったものです。美人薄命というか、実に残念だった。
八十　……。
堀江　だから、呉の兵学校の歌を作ろうと考えたとき、ああ、あの追悼の詩を書かれた弟さんにぜひお願いしよう。
八十　兵学校の歌ですか。
堀江　広辻とは、呉では俺、貴様で呼び合っていたんです。
八十　そうですか。（下を向いて考える）
堀江　若い幹部候補生の友情。若者たちが誇りを持って歌える歌。どうです、引き受けて……
片谷　（口に手を当て、黙るように合図する）
八十　……。（ノートに書き始める）

M-19　『同期の桜』

「貴様と俺とは〜」のメロディー、ゆっくり。
学生たち、ゆっくりと舞台前に出てきて止まる。

上官　右向け右！

教壇の八十の方を向いた学生たち。

八十の声　私は、読売新聞の依頼で南京総攻撃の従軍記者として支那に行きます。戦場に行くのだから、この「フランス文学講座」も今日の授業が最後になるかもしれない。それで、フランスの詩人アロクールの言葉をもってお別れしたい。

別れるということは幾分死ぬことだ
愛する人から死ぬことだ
人間は、幾分づつ自分を残してゆく、
どんな時間の中にも、どんな場処にも……
「パルチール・セ・ムーリール・アン・ブウ」

諸君、アデュー。

学生たちが、兵士になり『同期の桜』を歌った。

兵士たち　貴様と俺とは　同期の桜
同じ兵学校の　庭に咲く
咲いた花なら　散るのは覚悟

みごと散りましょ　国のため

兵士が大きな日章旗を南京の城壁に立てるシルエット。その傍らで八十が文章を書く。電信員がツートンと、電信機を打っている。

スライドで、スクリーンに文章が出る。

「南京の日の丸」西条八十発　十七日南京にて
誰も歌わず物言わず／太い金文字石の壁
国民政府の城門に／さっと揚った日章旗

貴様と俺とは　同期の桜
同じ航空隊の　庭に咲く
仰いだ夕焼け　南の空に
未だ還らぬ　一番機

空に満ちてる銀の翼／地に沸く沸く歓聲の
總てが消えて青い空／わたしはひとつ　紅一點
求めてはるばる旅をした

電信兵　以上でありますか？
八十　ご苦労様。
電信兵　失礼いたします。（と、出ようとする）
八十　ちょっと君。
電信兵　は、なんでありますか？
八十　聞きたいのだが、伴田伍長はどこの部隊か教えてくれないか。
電信兵　伴田伍長でありますか？
八十　ああ、俳優でね、友田恭助って言うんだ。
電信兵　西條先生は、伴田伍長のお知り合いでありますか？
八十　うん、大学の後輩で、彼の芝居をよく観に行った。
電信兵　……。
八十　君、まさか……
電信兵　上海上陸作戦の最中、見事に戦死せられました。

飛行機の爆音が通り過ぎる。兵士たちの歌声。

貴様と俺とは　同期の桜
同じ航空隊の　庭に咲く

あれほど誓った　その日も待たず
なぜに死んだか　散ったのか

八十、ノートにメモを書く。風が吹く。

八十　呉淞鎮の畔に立ちて。
若くして、新劇の螢星、友田恭助よ、
君を追慕する毎に、なにゆゑにか、吾には
ダンセニイの「宿屋の一夜」の舞台面、
主人公トップの殺人鬼を待ち受けしごとく
いたましき最期の瞬時、
君の瞳は怪しく輝きしや否や。

M-20　『支那の夜』

支那の夜　支那の夜よ
港の灯　紫の夜に
上るジャンクの　夢の船

蔓バラのアーチの下の嫩子。

嫩子　パパが南京から帰ったのが昭和十二年の暮。「椿姫」に出演した岡田嘉子さんのアパートでお紅茶をごちそうになっています。築地以来の演劇の同志、友田恭助の戦死が岡田嘉子、杉本良吉の日本脱出の大きなファクターになったようです。パパは支那で味わった神秘的な気分をさっそく歌にしました。

支那服を着た千景が退廃的に踊った。

千景　支那の夜　夢の夜よ
柳の窓に　ランタンゆれて
赤い鳥かご　支那娘
ああやるせない　愛の歌
支那の夜　夢の夜

千景　（咳をしながら）上海のお土産、ありがとう。
八十　どうしたんだ。
千景　先生、私、坂の上の病院でレントゲンとってもらったの。そしたら、両方の肺に穴があいてるんですって。

八十　ええ、じゃあ、入院しなければいかんじゃないか。

咳をして、ハンカチで口を押さえる千景。

八十　大丈夫かい。

千景　（うつむいて）先生、もう私のこと愛してくださらないんですもの。

八十　なに言ってるんだ。愛してるよ。

千景　嬉しい。（と、にっこり笑ってハンカチを取ると唇に血）

八十　千景！　君、喀血しているのか。

千景　……先生。本当に私を愛してる？

八十　本当だとも。

千景　それなら、接吻してくださる？

八十　……。

千景　私、先生とだったら、千景死んでもいい。

八十　してやるとも。キッスしよう。

千景　うれしい！（八十に抱きつく）

八十、千景と接吻する。が、八十、すぐ離れる。

千景　ああ、やっぱり肺病が怖いのね。

八十　いい加減にしなさい。（口をぬぐって）血じゃないじゃないか。なんなんだ、これは？

千景　フ、フ、フ。坂下の雑貨屋で食紅売ってたの。

八十　（立ち上がる）本当に心配したんだぞ。

千景　ごめんなさい。怒った。

八十　（呟く）あなたの唇から出る／嘘の楽しさ

それは春の花綵のやうに

赤や緑で、高く高く

壮麗な虚空の塔を巻いてゆく

コロンビアの録音室。

片谷、服部良一が聞いている。

ああやるせない　愛の歌

支那の夜　夢の夜

片谷　いやいや、敵国支那の歌が三十万売れるとはね。
良一　「赤い鳥かご、支那娘」このエキゾチズムがいいんです。
片谷　いやいや『同期の桜』の方も評判がよくてね。これまで、軍人たちがお気に召した軍歌という奴は、ただ勇ましいばかりで、いくら作ってもけっきょく兵隊たちは歌わない。それがどこの連隊でも『同期の桜』だけは歌われていると言うんだ。で、八十さんとあんたのコンビで支那事変に関する歌をですね。

そこへ、八十、到着。

八十　おそくなりました。
片谷　今、服部良一君を口説いていたところなんです。
良一　やはり私は、なんというか、『雨のブルース』のような色恋のもののほうが。西條先生のようには……。
八十　いや、僕も軟派のほうなんだが。
片谷　服部君。このままでは、君は時局に批判的だと誤解されるよ。
良一　正直に言います。私は決してお国に協力したくないと言っているんではないんです。先日いただいた詞も、なんとか曲をつけようと必死に頑張ったんです。でも、僕は古関裕而君のように軍歌を書く力がないんです。

沈黙。

良一　僕にも西條先生の詞で、支那を題材に一曲書かせてください。

M-21『蘇州夜曲』のメロディーが流れ、一隅に花嫁衣装の嫩子の手を取って晴子が歩いてくる。

君がみ胸に　抱かれて聞くは
夢の舟歌　恋の唄
水の蘇州の花散る春を
惜しむか　柳がすすり泣く

8

『蘇州夜曲』続いて柏木の家に花嫁衣装の嫩子と晴子。

八束　わあ、角隠しとはよく言ったもんだ。とっても跳ね上がりに見えないよ。
嫩子　八束！（角隠しを取る）
晴子　パコ。水が変わるから、くれぐれも気をつけて。
嫩子　私が、支那に行くことになるなんて夢にも思わなかった。
八束　パパとママの結婚式は、神楽坂上の小さな料理屋の二階だったんでしょ。
嫩子　あんまりみすぼらしい式だったから、新婚初夜は二人、式服のまま寝たのよ。
八束　へえ。
嫩子　フフフ、お伽噺の大好きなパパらしい。私も「東京会館」なんて立派なとこじゃなくやりたかった。
八束　どの親も自分のように辛い目に子供を遭わせまいとしてついつい甘やかしてしまう。
晴子　生意気言って。
タキ　（入ってきて）三井さまの弟さんからお電話です。
嫩子　八束、ちょっと出て。
八束　うん。（出て行く）

嫩子　ママ、ありがとう。
晴子　なにが？
嫩子　私が三井さんのところにお嫁に行けるのも、ママのお陰。
晴子　パパはお見合いの話がくる度に機嫌悪くして、あのお医者様とのお話も、パパが反対して……。
嫩子　三井さんだって、大蔵省なんてとんでもない。俺は役人は嫌いだって。
八十　（入ってきて）レコードを止めなさい。
嫩子　パパの歌の中じゃ、この曲好きなんだけどな。
八十　これは発売禁止になったんだ。（と、レコードを止める）

沈黙。

八十　パコ、三井さんの赴任地だから仕方ないけど、支那は敵国なんだからな。日本で暮らすのとわけがちがう。
嫩子　わかってます。
八十　それからな。
晴子　葡萄酒でもお持ちしましょうか？
八十　そうしてくれ。（と、座る）

晴子、出て行く。

嫩子　フフ。長らくお世話になりました。

八十　嫩子。今日、お前に話しておきたいことがある。

嫩子　はい。

八十　（気難しい顔をして）結婚とはどういうことか知っているか？

嫩子　うーん。信頼関係と相手の気持ちをくみ取ること。

八十　信頼関係。それは大切なことだ。だがね、結婚生活は今までの童話の世界の中の少女ではすまされないこともある。つまり、お前がまだ経験してないことがある。

嫩子　パパ、私、いくつになったと思ってらっしゃるの。

八十　まあ、いい。三井君が嫌だったら、いつでも帰っておいで。

嫩子　ね、三井がよそに女の人を作ったら、パパはどうする？

八十　彼は紳士だから、そんなことはしないでしょう。

嫩子　でも、もし、朝帰りなんかしたら。

八十　そんなことをしたら、容赦しない。お前を家に連れて帰って……いや、奴をひっぱたいて、それから、そう、慰謝料請求の裁判を起こして、やつを監獄にぶちこんでやる。

嫩子　ママのお父様は、なぜ、そうしなかったんでしょうね。

八十　？

嫩子　パパは新民謡を作ると言っちゃあ芸者さんと遊び、ファンだという女の人と温泉をほっつきまわって。
八十　すまん。
嫩子　パパは、ママが三味線を弾かないのはどうしてだかご存じですか？
八十　そりゃ、お祖母さまが嫌いだったからだよ。
嫩子　お祖母さまが亡くなっても、お弾きにならないでしょう。
八十　うん。結婚当初は、私が頼めば喜んで弾いてくれた。
嫩子　大学教授夫人が三味線など下品だってママは思ってたの。
八十　三味線ぐらい弾いたって誰も文句を言わんよ。
嫩子　そうじゃない。ママは、フランス文学を研究する学者の所に嫁いだと思ってたのよ。それなのに、パパは、チンドン屋さんがやる歌謡曲や、温泉で芸者さんが歌う歌ばっかり書いて。ママは泣いてます。
八十　そんなこたあないよ。
嫩子　パパのアンポンタン。ママはどんなに辛くても、パパの前では笑ってる。パパ！
八十　ハ、はい。
嫩子　結婚というものがどういうものか知っていますか。
八十　だから、そのう……信頼関係と相手の気持ちを汲み取ること。
嫩子　わかってるじゃないの。

八十　はい。

嫩子　わかってんなら、ママの気持ちを汲み取りなさいよ。

八十　はい。

八束　（入ってきて）三井さんのご学友、一人欠けるんですって。

嫩子　ええ、今日になって？

八束　赤紙がきて、今夜、郷里へお発ちになったんだって。

嫩子　そう。

そこへ、葡萄酒のビンとグラスをお盆に乗せて晴子。

晴子　あの、コロンビアの片谷さんからお電話です。

八十　まいったな。あれほど断っているのに。（と、逃げ出した）

嫩子　パパ！　（と、追う）もう、お金にも困ってないんだし、くだらない歌なんか書かなくてもいいでしょう。

晴子　私が子供のとき住んでた下町に、飾り物の職人の安さんてお爺さんがいたの。安さんは目え悪くなって、もう細かい細工ものができなくなったってね、ブリキのおもちゃなんかお金にもならない仕事してたの。ところが娘婿さんが軍需景気で大儲けしてね、お爺さんに「もう働かなくていいから」って、安さんを引き取ってあげたの。

嫩子　ふーん。

晴子　それから半年も経たないうちに安さん死んじまったわ。

嫩子　民謡も軍歌も、パパのおもちゃか。

晴子　ねえ、パコ。私、パパが歌謡曲の仕事するの嫌だった。でもね、パパがランボーの研究だけをする学者だったら、私みたいなインテリがない女と一緒に歩いてくれなかったのよ。

嫩子を残して、暗くなる。

嫩子　私が結婚しました翌年、日本は真珠湾に奇襲攻撃をかけ、太平洋戦争が始まりました。このため、カタカナは敵性語だからというので、ドレミファがハニホヘトになり、ビクターが日本音響、コロンビアが日蓄になりました。

千景を住まわせている部屋に晋平と八十。

晋平　私も新民謡の旅で知り合った喜代三を女房にしたのだから、偉そうなことは言えない。だが、鈴千代はいけない。盗み癖だけじゃなく、ここに男を引き入れているそうじゃないか。

八十　ここのところ、支那に二度、それから講演旅行にもちょいちょい行く。ここには、月に一度来るのが精いっぱいだ。若い千景にはかわいそうだ。

晋平　こんなご時世だ。当局に見つかってみろ。何を言われるか。
八十　うん。何遍、別れようと決意して、この坂を上がってきたことか。いい年をして恥ずかしいが
……。
晋平　そうか……。佐藤千夜子が、イタリーから帰ってきてる。
八十　ああ。ミラノで金を使い果たして、国外退去になったそうだね。
晋平　うん。日比谷の帰国リサイタルに行ったが、オペラのアリアばかりで客はさっぱりだったって。
八十　高く高く舞い上がろうとして、失速しちまった。ところが、この僕は……。

そこへ、「八十さーん。手伝って」と千景の声。

八十　ほーい。

両手一杯に花を摘んだ千景が入ってくる。

八十　お帰り、お帰り。わあ、一杯、摘んだねえ。
千景　八十さんが寂しいと思って、恩賜公園に花を摘みに行ってきたの。
八十　そうか。烏の豌豆じゃないか。
千景　これは？

八十　一人静。
千景　一人静かって、一人で静かにしているの？
八十　いや、静御前の清楚さを感じさせる花だから。
千景　花瓶持ってくる。（出て行く）
晋平　なるほど、あなたにはこんな連れ合いがいないと詩が書けないんですなあ。
八十　そんな、人を憐れむような目をしないでくれよ。
千景の声　ねえ、紫陽花の花言葉はなんだっけ。
八十　嫉妬。ジェラシー。
千景　（花瓶を持って入ってきて）あら、晋平さん、いらしてたの。
晋平　いえ、もう失礼するから。
八十　わざわざ来てくれてすまん。

晋平、出て行く。

千景　ねえ、今度は一緒に花摘みに行こう？
八十　千景、今日はちょっと君に話がある。
千景　あら、私も。
八十　なんだい。

千景　私、結婚したいのですが……。

沈黙。

八十　君に良縁があればこの上ない幸いだし、……僕も賛成だ。相手はどんな人。
千景　慶応の学生さんで。
八十　堅気さんか。
千景　駄目ですか？
八十　向こうの両親が果たして承知するかだ。
千景　息子さんの八束さんが芸者と結婚すると言ったら、先生は反対する？
八十　……うむ。
千景　フフフ、先生ぇ。また、下田温泉に一緒に行こうか。
八十　おいおい、結婚しようってのに、何を言うんだ。
千景　（突然、八十にのし掛かった）結婚なんて嘘。
八十　嘘だ？
千景　だって先生、近頃わたしに飽きたみたいであんまり来てくださらないから、ちょっと気をひいてみたの。
八十　フフフフ。またお前さんにやられたか。

千景　こんな私を嫌い？

八十　いいや、大好きだよ。（と、倒れ込むと軍歌が聞こえてくる）

千景　ねえ、海の向こうでたくさんの日本人が戦争してるなんて嘘みたいね。

嫩子が浮かぶ。

嫩子　（読む）「自分の鉋で削り／自分の鑿で刻み
　　自分の刷毛で塗った／この赤い仮面の恐ろしさよ
　　自分の鉋で削り／自分の鑿で刻み
　　自分の刷毛で塗った／この赤い仮面の恐ろしさよ」

パパ、怖いわ。私の知らないパパがいる。

コロンビアの録音室。

八十　山口さん……ですか。

片谷　ええ。なんでも昔からのお知り合いとかで。

八十　さて、山口ね。

そこへ、山口、入ってくる。

山口　やあ、どうも。

八十　ああ、早稲田の建設社同盟の。

山口　ハハハハ。あのときは、失礼した。まあ、今日も私としては貴方にちょっと苦言を呈したいんですよ。

八十　いやいや、わかっております。英米との戦争は、日本の帝国主義的侵略そのものだ。特に『同期の桜』を書いた自分を反省しています。

山口　いや、『同期の桜』はなかなかいい。

片谷　山口さんは、あなたが松竹映画に書いた「愛染かつら」の主題歌が問題だと……。

八十　ええ！

片谷　つまり、国民精神総動員の時代に合わないと言われているんだよ。

山口　内務省内で問題になった歌があなたの作品だったのでね。

八十　内務省？

山口　早稲田の雄弁会の先輩にどうしてもって言われてね。（名刺を出す）

八十　（読んで）内務省検閲局。

片谷　芸術芸能の検閲をやると言っても、内務省には文学的教養のある奴がおらんていうことで。

山口　まあ、同胞が大陸で雄々しく戦をしているとき、女々しい歌は不適当だと言うんだな。

片谷　「花も嵐も踏みこえて／行くが男の生きる道」雄々しいじゃないですか。
山口　「泣く」なんてペシミスティックな言葉が頻繁に出てくる。
八十　いいですか、一番は「泣いてくれるな」で、三番は「なに泣くものか」。つまり泣くなと言っているんです。
山口　今は、男が涙をこらえる時代じゃない。
八十　山口検閲官は、詞を読んでくださいましたか？
山口　もちろん、読んどる。（読む）「泣いてくれるなほろほろ鳥よ」
八十　泣いてくれるなと言っているのは、ほろほろ鳥です。鳥が泣くのがいけないんですか。
山口　三聯にも「泣く」が出てくるじゃないか。「男柳がなに泣くものか」
八十　ええ、男柳ってのは、柳の木です。男じゃありません。
山口　西條先生。出征兵士に婦人たちが千人針を送っとる時局に君は詩人として、日本の国難に対して、自分の力を発揮する心持ちはあるのかね。
八十　はあ、もちろん……。
山口　今回、東宝映画で「決戦の大空へ」という海軍予科練習生の生活を扱った映画を作ることになった。
八十　「決戦の大空へ」。
山口　で、君に土浦の航空隊に行って、実際の予科練の若者たちの生活を見て、主題歌を作ってもらいたい。（指さして）あなたならできる。（敬礼して）原田中佐殿だ。

八十が振り返ると、軍服の原田中佐。

原田　西條先生。『愛染かつら』のこの歌をご存じですか？

八十　（かしこまって）はあ。少々女々しいと思うのでありますが。

原田　あなたは歌の力というものをご存じないんじゃないですか？　本官は昨年、予科練第四期の卒業式の後の祝宴でこの歌を歌いました。

山口　ほう。

原田　（歌う）花も嵐も踏みこえて
　　行くが男の生きる道
　　泣いてくれるなほろほろ鳥よ
　　月の比叡を独り行く

歌っている間に、若者たちの姿が浮かぶ。

原田　貴様ら。この歌の意味するものは勇往邁進である。貴様らはまだ若い。これから戦場に向かうにあたっても、まだ、この世にたくさん未練が残っているであろう。まだ見たいと思う美しい花やいろいろなものがあるであろう。同時に自分の行く手をとざしている黒い戦雲を恐ろしく思うであろう。しかし、その未練を踏み越えて行く。そこが日本男児の生きる道なのである。……その晩の生徒は、今回の大東亜の戦の中で勇猛に戦い、ただの一人も生き残っておりません。

片谷　一人も……。

原田　西條先生。このような優れた歌を予科練のために書いてください。

八十　全員、戦死なすったんですか……。

片谷　中佐、この『愛染かつら』は西條先生がお書きになったものです。

原田　ええ、こちらの先生が……。失礼しました。やあ、だったら、もう是非。

片谷が黙るように合図する。
八十はノートに詞を書き出す。
歌声が聞こえて来た。

若き血潮の予科練の
七つボタンは桜に錨
今日も飛ぶ飛ぶ　霞ケ浦にゃ
でっかい希望の雲がわく

飛行機の爆音が聞こえ、サーチライトの光が動く。『若鷲の歌』の音程が次々に上がっていき、いくつかの場面が交錯する。
二階。

千景 先生、今日、焼夷弾が近所に落ちて、お爺さんが倒れて、傷口からダラダラ血が流れて、大変でした。震災以来、みんなで一所懸命作ってきた東京の町が燃えてます。先生、来て。私、怖い！

M—1 『カナリア』のメロディー

一隅に嫩子が浮かぶ。

嫩子 パパ、北京の冬は寒いです。パパの命名通りに、生まれた娘は紘子としました。主人も元気で、働いています。ママのことを大切に。こちらにいると、パパの詩がとても近くに聞こえます。

黒い布の覆いをかけた電灯の下で手紙を書く晴子。

晴子 北京で元気にやっていると思います。四月十三日の空襲で牛込納豆町のあなたの家が焼けました。

爆音の中、机に向かう八十。

晴子　パパは、大学に学生がいなくなったので、お家で毎日ランボーの研究をしています。B29の空襲がママにパパを返してくれました。戦争がパパにランボーを返してくれました。ママは、今、人生のうちで最高の幸せを感じています。

小鳥の囀り。
お雛さまを飾っている晴子。

嫩子　ママ。北京でパパの『カナリア』を聞き、涙が出ました。ママが、三味線を弾きだしたと聞いて安心しました。もう、お父様は、大学教授じゃないんですものね。

蟬の鳴き声。
スーツケースを持って出てくる八十。

晴子　どうしてもいらっしゃるの？
八十　ああ、堀江大佐の頼みだよ。
晴子　八束が、広島は軍需工場が多いから危ないって言ってきてますよ。

八十　だから行くんだ。大佐の新任地の広島の十五の軍需工場で働く女工たちに元気が出るような歌を作ってくれって注文でね。

晴子　でも、お風邪を召していらっしゃるのよ。大事にしなきゃ。

八十　夏風邪をひくんだから、だいぶ焼きがまわったな。しかし、もう広島までの切符も買ってあるし……

晴子　あなた、アメリカとの戦が始まったとき、馬鹿だ。勝てるわけがない。僕はオリンピックの年にアメリカに行って、向こうの資源の豊かさを知っているっておっしゃったでしょ。

八十　（じっと晴子の顔を見る）

晴子　どうなさったの？

八十　一緒になって初めてだよ。君が僕に意見するのは……。

晴子　支那事変が始まったとき、あなたはこれを書かれました。

（読む）おもてにはまたしても殺伐な軍歌が聴える。

そして重々しい隊伍の行進の靴音

山の兵士たちは、今日も白い旗をたてて屯してゐる

錆びた風見よ、人間とともに回れ、狂へ、

おれはもう歌はない

サイレンの音。

八十　「さあ事だ、馬の小便、渡し船」
晴子　どういうこと。
八十　小さな渡し船にたくさんの人が乗っている。人も荷物も馬なんかも積んでいる。川の真ん中まで来たとき、乗っていた馬がドボドボドボって小便を始めた。こいつは騒ぎだ。日本はみんなの乗ってる渡し船だ。岸から見て理屈を言っているのはいい。でも、その船に乗っている者は起こった災難に真っ向から立ち向かわなければならない。たとえ、その船が沈むとわかっていても。
晴子　……。
八十　（歌う）お山の大将　俺ひとり
　あとから來るもの　つき落とせ

　ころげて落ちて　またのぼる
　あかい夕日の　丘の上

　子供四人が　青草に
　遊び疲れて　散りゆけば

そこで、八十、フラフラと倒れる。

晴子

お山の大将　月ひとつ
あとから來るもの　夜ばかり

焼け野原に赤い月が登った。

9

三月なのに柏木の家の焼け跡に木枯らしが吹く。
嫩子と八束と片谷が焼け残ったコンクリートの基礎を見ている。
離れて座っている八十。

嫩子　ああ！　お風呂場のタイル。
八束　そう、こっちが玄関。
嫩子　ここで、あんたがころんで鼻血出して大騒ぎだった。
八束　ここの辺りがパパの書斎だったとこだ。
嫩子　パパ。
八束　こっちには建設者同盟の寮があったんだ。
嫩子　（見て）ああ、あれ、服部良一さんじゃない？
八十　まさか。
嫩子　それにコロンビアの……。服部さん、こっち、こっち。

「やあやあ」と良一と片谷。

八十　よくここだってわかったね。
片谷　成城の新居、やっと探し当てて参りましたら、タキさんがみなさんで柏木にいらしてると言われるもんで。
良一　成城に家を買われて戻っていらっしゃること、知りませんで。
八十　うん。
嫩子　そこがママの凄いとこ。西條八十を茨城の田舎なんかで腐らせちゃいけないってダイヤの指輪と、買い置いてあったイギリス製の服地、担いで一人で東京に出てきて。
良一　あの家を？
嫩子　借金すればパパも働き出すだろうって。
片谷　奥様は？
八十　うん。
八束　原稿料の前借りするために出版社回り。
八十　大学、やめたからね。
八束　ああ、来た来た。ママ、片谷さん。
片谷　ああ、奥様。
晴子　（風呂敷包みを持って）お久しぶりです。
片谷　やあやあ。
良一　ご家族はみなさんお達者で？

晴子　みなさんが、身近な方を亡くされているのに、うちはみんな無事ですまないような気持ちですわ。
八十　なんだい、そりゃあ。
晴子　新潮社の前田さんから原稿用紙、わけていただいたの。
八十　それ、全部原稿用紙？
晴子　そうですよ。

ひばりの鳴き声。

嫩子　ここじゃあなんでしょうから、どこか落ち着ける所へ。
片谷　今の新宿に、落ち着ける所なんて、ありゃしませんよ。
良一　東京中、焼け残ったためぼしい建物は、進駐軍がみんな接収しちまいました。
晴子　どっかにめっかるかもしんないわ。
八束　じゃ、僕が用心棒に。

晴子、嫩子、八束、去る。

片谷　先生。お疲れでしょうが、そろそろお仕事を始めてはいかがかと思いまして。

八十　……。
片谷　先生。いつか話してくださいましたね。関東大震災の夜、上野の山で避難民の少年が吹いたハーモニカの曲がどんなに人々を力づけたかって。今は日本中が……。
八十　僕は占領軍によって戦争犯罪人の名簿に入れられているんだよ。
片谷　山田耕筰先生も、堀内敬三先生だって入っていますよ。
八十　軍歌を一番多く書いたのは、佐々木信綱さんと僕だからね。「出て来い、ミニッツ、マッカーサー、出て来りゃ、地獄へ逆落とし」。
片谷　あの『比島決戦の歌』は参謀本部の将校たちが先生の詞じゃあ力がないと言って無理やり書き足したものでしょう。
良一　先生は軍部に力ずくで軍歌を作らされたんじゃないですか。
八十　今になってそんなことは言いたくない。僕は楽しんで作詞しましたよ。
片谷　そうそう。
八十　絞首刑って噂もありましたが、それでもいいと思ったよ。
片谷　ええ！
八十　あの八月、もし夏風邪をひかなかったら、僕と古関裕而君は広島にいたはずです。確実に原爆で死んでいたんです。
片谷　不幸中の幸いとでももうしましょうか。
八十　ねえ、おそらく原子爆弾を作った科学者も、爆弾を落とされた人の苦しみを想う余裕なんかなかったんだろう。……技術者ってものは、与えられた仕事で自分の能力が、どれぐらい発揮できるか、そのことに夢中になってしまうんだから。

片谷　……。

八十　服部君のように、軍歌を書かなかった作曲家もいる。

良一　いや、僕は書かなかったのじゃなく書けなかったんですよ。

八十　もっとすばらしいことだよ。君の作曲家としての感性が、軍歌になじまなかった。

良一　先生は、勇ましいばかりじゃなく、しみじみ心を打つ戦時歌謡も書かれました。

八十　だから、もっと悪い。

片谷　先生はよく切れるナイフです。童謡を書いても、シャンソンでも新民謡でもなんでも特上だ。軍歌だって、先生のものが一番歌われた。

八十　だから罪も重い。

片谷　先生は早稲田の教授をやめられた。多くの教え子を戦場で失ったのですから、お気持ちはわかります。しかし、実際に先生の作った歌が若者たちを戦場に駆り立てたと思われますか？

八十　……。

良一　アポリネールもサン・テクジュペリも、戦死してます。

八十　うん。戦争嫌いだったランボーも普仏戦争に出征した。だが、言葉という自分の武器で、戦争を称えるようなことはしなかった。

良一　ねえ、先生。今井正って監督が、原節子で石坂洋次郎の作品を撮るんです。

八十　ふーん。
片谷　その主題歌の作詞を服部君はぜひ先生にと。
八十　うーん。茨城の田舎の疎開先で、僕はひっそりと生きたいと思った。歌なんか書かなければ、人に後ろ指さされずに生きていける。ほめられなくたっていい。ただ、非難されるのは辛い。
片谷　しかし、もったいないなあ。みんながあなたの歌を待っているのに。

八十、じっと遠くを見ている。
良一、片谷に帰ろうと肩を叩き、二人去る。

突っ風が吹く。

そのとき、「ねえ、この襟巻き買ってよ。舶来物よ」の声。軍服の男に女がまとわりついている。

男　なんだい米軍の放出品か。
女　ちがうよ。戦争前に欧州で買ったもんだよ。ねえ、五百円でいいよ。
男　ふん。お前を買ってやろうか。
女　いけずうずうしい特攻くずれ！
男　ふん、とんだ食わせもんだ。（去る）
八十　佐藤君？

女、振り返る。たしかに千夜子に似ている。
しかし女は「ふん」と言って去って行く。
かすかに誰かが吹く口笛。『かなりや』

八十

わたしの足の可愛い小指も
その小指の先のゆがんだ小さい爪も
みんなわたしのもの　私の体の一部
かりそめに書いた小唄にも　そのかけらにも
こもるわたしの命
わたしは生きている
わたしの唄をうたう人の赤い唇に
唄を聴く人々の静かな耳朶に
また　その唄をはこぶ
街中の青い微風の中に

そこへ、晴子と嫩子が帰って来る。

晴子　あら、服部さんたちお帰りになったの？

嫩子　パパ、マーケットで銀シャリのお握りが手に入ったわ。
八十　……。
晴子　もう、喧嘩ごし。日本人てのはあんな獣だったんですかねえ。
八十　こっから、富士山が丸見えだ。
嫩子　ああ、お祖母ちゃまが植えた山茶花、焼けたのに、ほら、根っこから芽が出てる。
八十　あの大震災のときと同じだねえ。
嫩子　ねえ、パパ、食べましょうよ。
晴子　シー。

八十、ノートを開いた。
M-25『青い山脈』 かすかに聞こえてくる。
メロディーは段々大きくなり、大合唱となっていく。

若くあかるい　歌声に
雪崩は消える　花も咲く
青い山脈　雪割桜
空のはて
今日もわれらの　夢を呼ぶ

焼け野原の中にバラック建設の槌音。
一幕の関東大震災の復興の姿と似ていたい。

古い上着よ　さようなら
さみしい夢よ　さようなら
青い山脈　バラ色雲へ
あこがれの
旅の乙女に　鳥も啼く

たくさんの日本人たちが焼け跡の中に家を建てていった。

雨にぬれてる　焼けあとの
名も無い花も　ふり仰ぐ
青い山脈　かがやく嶺の
なつかしさ
見れば涙が　またにじむ

成城の小さな家。片谷、晴子。
そこへ、お茶を持ってタキ。

片谷　やあ、成城っていい所ですねえ。
晴子　さあ、早くお仕事の話、進めてください。
片谷　奥さん、厳しいですね。
晴子　この家買うのにたくさん借金したんだから。
八十　今年は僕はずいぶん働いたよ。「家なき娘」を翻訳して、東光出版から三巻の少女小説集を出したじゃないか。
片谷　歌は『旅芸人の唄』と『トンコ節』。
晴子　まだまだ。独立書店と真珠書店に詩集を約束してて、偕成社の「長崎の花売り娘」だってまだ手もついてない。
八十　あーあ。
片谷　こんないいとこに住んでるんですから、仕方ないすよね。
晴子　そ。(片谷に) 今日はなんの話なの。
片谷　美空ひばりって歌手、ご存じでしょう。
八十　こましゃくれたちびっ子歌手ね。
片谷　あの子に一曲、お願いしたいんです。

八十　うーん。年をとって時代に追いつけるかな。
晴子　あなたならできます。
八十　あんまり働かすと、くたばっちまうよ。
片谷　いいえ、先生は八十まで死にゃしません。
晴子　八十まで？
片谷　そのちびっこ歌手に、今度はこの大先生に頼むんだって言ったら「サイジョウ、ハチジュウって誰」って。

八十、あらぬ方を見ていた。
美空ひばりのあの曲が聞えてくる。

M–26『越後獅子の歌』

笛にうかれて　逆立ちすれば
山が見えます　ふるさとの
わたしゃ　孤児　街道ぐらし
ながれながれの　越後獅子

八十が、復興した東京の町を歩く。

今日も今日とて　親方さんに
芸がまずいと　叱られて
撥でぶたれて　空見上げれば
泣いているよな　昼の月

ビクターの部屋に八十と老いた岡。

八十　百貨店の社歌？
岡　はい。ぜひ、先生にと言われてね。
八十　学校の校歌はかなり作りましたが、社歌なんていうのは……。

そこへ、「やあやあ、お久しぶり」と背広姿の山口。

八十　ええ！　あなた……山口さん。しばらくでした。
山口　昔の馴染みで、岡さんにぜひ西條先生にと無理をお願いしたんです。
岡　まあ、西條先生なら、民謡でも童謡でもシャンソンでもなんでもこなせますから……。
八十　軍歌もね。

山口　あなたはまだ、そんなこと気にしてるのかね。一億総懺悔。冗談じゃない。人類の歴史は、侵略と戦争の歴史ですよ。人間の業だね、戦って奴は。

八十　……。

岡　で、なにか具体的にご注文は？

山口　うちは日本橋でも老舗のデパートですからね。下品な歌は困るよ。ほら、そこらで流行ってる……「あなたのリードで島田もゆれる」

岡　『ゲイシャワルツ』は、こちらの……

山口　そうそう。『芸者ワルツ』。それから『トンコ節』。同じお菓子でもね、うちの包み紙がかかっていれば、高級品になり、山の手のご婦人方がお使い物にされるのだから、あの（歌う）「みだれる裾も　はずかしうれし」なんて不潔な奴は困るんだよ。まあ、西條先生は、「唄を忘れたカナリア」ですから、安心しとるんですがね。

八十　山口さん。お宅のデパートでは、宝石も売ってらっしゃるでしょうが、台所用品も売ってらっしゃるでしょう。

山口　もちろんだよ。

八十　私の担当部署は、その使い捨ての日用雑貨の方でして、宝石をお望みでしたら、しかるべき芸術家をご紹介します。失礼！

八十、去る。

山口　ちょっと、ちょっと。
岡　部長、あきらめましょう。
山口　なにが気にいらなかったのかな。
岡　だって、『ゲイシャ・ワルツ』も『トンコ節』も、西條先生の作詞なんですから。
山口　ええ！　そうだったか。
岡　なに、私が懇意にしている作詞家は他にもいます。
山口　しかし、西條さんは幅が広いというか、まるでデパートのような詩人だなあ。

そこへ、八十、首を出す。

岡　ああ、先生。
八十　書かせていただきましょ。有閑マダムに受けそうなお上品な奴。（と、ニッコリ）

帽子とスーツケースを持った八十が行く。
後を追う片谷。
それとともに、道具、回る。

八十　（立ち止まって）ね、片谷君。
片谷　なんですか。
八十　美空ひばりちゃんの次の曲。「生まれて父の顔知らず、恋しい母の名も知らぬ」ってえの、どう。
片谷　はいっ。（メモを取る）「生まれて父の顔知らず」

M-27『角兵衛獅子の唄』のレコードが聞こえる。
八十の前に、蔓バラの豪邸から晴子。

八十　晴子、どうしたんだ。
晴子　お疲れでした。今日からここがあなたのお家。
八十　ええ、お前、買ったのか。ここを。
晴子　よく、働かれました。童謡、民謡、歌謡曲、軍歌、二千五百曲、校歌、社歌を合わせると三千曲。

音楽が小さくなり、晴子、遠のいて行く。

八十　晴子。晴子。お前、どこに行くんだい。

晴子　私、少し、疲れました。あなたと一緒に歩けて、とっても楽しゅうございました。今度だけ、ちょっとお先に参ります。

終章

成城の西條八十邸の居間。

渡り廊下の前の庭には蔓バラのアーチ。

線香の煙の上がる仏壇の前で、コロンビアの制作部長片谷と若い下山が焼香している。

傍らには、硯と半紙。

つくつく法師が鳴いている。

嫩子　ご丁寧に、ありがとうございます。

片谷　先生もさぞお心落としのことと……。

嫩子　はい。

下山　あの、先生にお会いするのは無理でしょうか。

嫩子　片谷さん。仕事のお話でしたら……。

片谷　いや、本日は只のご挨拶ということで。

下山　（包みを出して）つまらないものですが。

嫩子　いえ、いただけません。

片谷　お納めください。

嫩子　何度も申します通り、父は今、お話をお受けする余裕と申しますか、時間がないのです。
片谷　今回の作品はわが社でも全力を上げて取り組むつもりでございますし、歌手の村田もこの作品にかけてみたいと、そう申しております。（と、下山を見る）
下山　そうなんです。今日も村田本人も先生に直接お願いに上がりたいと言っておったんですが……
嫩子　昨日も、電話でお断りいたしましたでしょう。それに、来月の一日には、私ども、スイスに発たなければなりませんの。
下山　はあ。しかし、その西條先生なら、飛行機の中でチョロチョロっと……。
嫩子　たいがいにしてください！　チョロチョロって……。歌を作ることがそんなに簡単なことだとお考えなんですか？
片谷　（話題を変えて）スイスと言えばマッターホルンですか。
嫩子　今回のＣＩＳＡＣの大会は、ベルヌです。
下山　シザック？
嫩子　世界の著作家、作曲家三百人の集まりです。
片谷　はあ。
嫩子　欧米諸国はお互いの国の作曲家や作詞家に使用料を支払っています。ところが日本の制作者は、いくら作品がヒットしようが作家には小遣い程度のお金をやっとけばいいと……。
片谷　まあ、そのお話はまた後日、ゆっくりお伺いしますとして。
嫩子　そうですか。お引き取りください。

下山　先生に会わせてください。
片谷　お願いします。
嫩子　片谷さん、今、父はランボーしか頭にないんです。知ってらっしゃるでしょう。
下山　乱暴なさるんですか？
片谷　乱暴じゃなく、アルチュール・ランボー。
下山　アル中ですか？
嫩子　父がランボーに魅せられたのは二十歳のときです。それなのに「ランボー研究」が書き上がらなかったのは、歌謡曲ばかり書いていたからです。来年には、父は七十になります。（手をついて）お願いします。父にライフワークを完成させてやってください。
下山　しかし、先生は今年、すでに三つも歌謡曲を書いていらっしゃる。ならば村田に一曲だけ……。
嫩子　（片谷に）父、何を書きましたっけ。
片谷　ええ、『花傘椿』……『お嬢吉三』。それから『ロカビリー芸者』。
嫩子　どうして、『ロカビリー芸者』なんて歌謡曲に、もうさほど残されていない父の人生を浪費しなけりゃあならないんです。
下山　（泣く）でも、僕はこのままじゃあ帰れません。先生は、先生はどこです。
嫩子　片谷さん。母が亡くなって、今日でちょうど二月。毎日、泣き暮らしている父によく演歌の作詞なんか頼めますね。
片谷　はあ。

そこへ、八十、長い和紙を持って入ってくる。

八十　（片谷に気づき）ああ、片谷君。来てくれたの？

嫩子　どうしたの、パパ？

八十　ああ、ママのお墓の墓碑に、これどうだろう。片谷さん、すまんが……。

片谷、和紙を持って鋲で止める。

片谷　（読む）われらふたり楽しくここに眠る
　はなればなれに生まれ　めぐりあい
　短き時を愛に生きしふたり
　哀しく別れたれど　また　ここに
　こころとなりて　とこしえに　寄り添い眠る

八十　どうかな。

片谷　ああ、あの三味線、奥様のものでしたね。

八十　（泣きそうになって）そうなんだよ。片谷君、寂しいよ。もうこれを弾く晴がいないんだよ。（と、抱き付く）

片谷　はい。奥様と一緒に強羅に参りましたねえ。
八十　片谷君。事故で片手を失った人は、しばらくはこう傾《かし》いじゃって、うまく歩けないんだそうですよ。
片谷　はあ。
八十　僕もそうなの。片手を失って、真っ直ぐ歩こうとしても、あっちふらふら、こっちふらふらしちゃうの。（と、縁側に）
嫩子　そういうわけですから、もう父を誘わないでください。
片谷　わかりました。

　　と、包みを持って出て行く。

片谷　（声をひそめて）先生、先日言ってらした隠し子のことわかりましたよ。
八十　隠し子？　なんだっけ。
片谷　ほら、歌手の佐藤千夜子の娘だっていう。
八十　ああ。
片谷　佐藤千夜子が亡くなったなんて嘘です。オペラの本場ではものにならず、尾羽うち枯らしてなんでも戦後は、進駐軍のメイドなんかやってたそうです。
八十　そうか。高い空を目指した千夜子は墜落してしまったか。

片谷　ねえ、先生は次々に起こるいくつもの悲しみに耐えて名曲を書いてこられた。
八十　うん。
片谷　（歌った）花も嵐も踏み越えてぇ　行くが男の生きる道

八十も唱和した。

二人　泣いてくれるな　ほろほろ鳥よ　月の比叡を独り行く
片谷　先生。男が泣ける歌を作りましょう。先生なら、花も嵐も踏みこえられます。
八十　そうだなあ。君の言う通りだ。

嫩子、皿を持って入って来る。

嫩子　パパ、ほら、下山さんにいただいた甘海老。
八十　甘海老！
下山　会社が、築地の市場に近いもんですから。

八十、急にしくしく泣く。

嫩子　パパ。
八十　パコ、甘海老。下町育ちのママが好きだった甘海老だよ。ああ、もう、ママは海老が食べられないんだ。片谷君。
片谷　はい。
下山　（すかさず）これが、三吉の資料です。
八十　あ、そう。関西の将棋指しだったね。
嫩子　パパ！（資料を押し退けた）
八十　はい。
嫩子　アルチュール・ランボーはどうなさるんです。
八十　うん。ランボーか……。
嫩子　もう、歌謡曲なんかで短い人生を浪費したりしない、そう、ママとの約束はどうなさるの？
八十　でも、ママは戦後は僕にどんどん仕事をさせたよ。
嫩子　麻薬患者は、やめろと言っても無駄だから。
八十　僕は麻薬患者ですか？
嫩子　この万年筆、パリに行く前の一番貧乏なときに買ってくれたんでしょ。パパが、くだらないお仕事なんかしたら、ママのお墓に入れてあげませんからね。
八十　なんだと？
嫩子　パパも松戸の八柱霊園に入るつもり？

八十　そう。パパはママと一緒のお墓に入るんだ。
嫩子　パパの遺骨をどこに入れるか決めるのは私よ。
八十　そうか、僕は死んでるんだから、思い通りにはならんか。
嫩子　ママと一緒のお墓に入りたかったら、ママの願いを聞いて！
八十　そうだった。ママは僕がちゃんとした仕事をして欲しいと、僕にこの万年筆を買ってくれた。
嫩子　パパ、これをしてください。
八十　なんだい。

嫩子、八十のマスクを渡す。

嫩子　ママ、言ってた。パパは優しいから、人から頼まれるとついつい下らない仕事をして。この人たちと口をきいてはいけません。
八十　これをすればママのお墓に入れてくれるんだね。（マスクをする）
嫩子　（小さな声で）おわかりいただけるでしょ。今、歌謡曲なんてとっても無理です。
片谷　下山君、失礼しよう。
下山　（突然、土下座して）西條先生。私、村田にも絶対お願いしてくると約束して参ったのです。
八十　（マスクをちょっと外して）君の気持ちは……
嫩子　パパ！

八十、筆で字を書く。

下山 片谷さんも、先生はお優しい方だから、誠心誠意お願いすれば、きっと書いてくださると……。

八十、書いた紙を下山に見せる。

「僕はもう七十歳です」

片谷 （片谷ピンで止めて）いやいや、あなたは他の人とはちがう。とめどもなく沸き出す言葉……。

八十、紙を出す。

「僕の才能は枯れ果ててしまった」

片谷 いいえ、『カナリア』『東京行進曲』『唐人お吉』『パリの屋根の下』『東京音頭』『蘇州夜曲』『同期の桜』『誰か故郷を思わざる』。

八十、紙を出す。

「あんなヒット作はもう書けません」

八十、寝ころがる。

嫩子　もっと若い方に、才能がまだ枯れてない方に……
片谷　わかりました。先生、いつまでもお元気で。

　　嫩子とともに二人、去る。
　　八十、一人になって三味線を持ち出すが、弾けない。
　　マスクを取って下山の置いていった資料を見る。

八十　やめられなかったんだろうなぁ、この人も。みんなに笑われても。

　　風が吹いてきて、片谷の貼った紙がユラユラ。
　　八十、万年筆を取り、原稿用紙に、向かう。
M-28『王将』の歌い出し四小節のメロディーがゆっくり始まり、それから八十が歌った。

八十　吹けば飛ぶような　将棋の駒に
　　賭けた命を　笑わば笑え
　　生まれ浪花の　八百八橋
　　月も知ってる　俺らの意気地

嫩子　パパが三十年の歳月をかけたライフワークの『ランボー研究』を仕上げたのは、『王将』を書いた五年後、七十五歳のときでした。

八十　あの手、この手の　思案を胸に
やぶれ長屋で　今年も暮れた
愚痴も言わずに　女房の小晴
つくる笑顔が　いじらしい

笑顔の晴子出てきて、フィナーレに入った。

上演記録

日時　一九九七年二月一日〜十三日
場所　東京国際フォーラム

●スタッフ

演出　木村　光一
音楽　八幡　茂
装置　石井　強司
照明　服部　基
衣装　渡辺　園子
音響　小幡　亨
振付　花若　春秋
舞台監督　梅山　茂
企画・制作　(株)I&S／(株)NHKプロモーション／
　　　　　　(株)オノフ・クリップス・目黒実／斎藤隆
制作　地人会
主催　東京ときめきフェスタ実行委員会／東京都
後援　朝日新聞社

●キャスト

西條八十　細川　俊之
晴子　竹下　景子
徳子　淡路　恵子
嫩子　荻野目慶子
八束　相原　一夫
タキ　加藤土代子
中山晋平　鶴田　忍
服部良一　武正　忠明
佐藤千夜子　順　みつき
伴田　川野　太郎
山口　小宮　孝泰
岡　金井　大

片谷　近石　真介
樋口　高橋　長英
下山　塾　一久

堀江中佐　加藤　佳男
原田中佐　石鍋多加史

カナリア――西條八十物語――

2000年9月25日　第1刷発行

定　価　本体1500円＋税
著　者　斎藤憐
発行者　宮永捷
発行所　有限会社而立書房
東京都千代田区猿楽町2丁目4番2号
電話 03（3291）5589／FAX 03（3292）8782
振替 00190－7－174567
印　刷　有限会社科学図書
製　本　大口製本印刷株式会社

落丁・乱丁本はおとりかえいたします。

ISBN4－88059－246－3 C0074
装幀・神田昇和

斎藤憐

クスコ　愛の叛乱

1982.12.25刊
四六判並製
160頁
定価1000円
ISBN4-88059-060-2 C0074

藤原薬子の乱に題材をとり、古代史に仮託して描き上げた人間の愛の諸相。斎藤憐の新たな作劇法の展開は、いよいよ佳境に入った。吉田日出子主演による自由劇場の話題作。「上海バンスキング」と双璧をなす作品といえよう。

斎藤憐

イカルガの祭り

1983.1.25刊
四六判並製
164頁
定価1000円
ISBN4-88059-062-2 C0074

斎藤憐の古代史に題材をとった第2弾。
「大化の改新」前後に活躍した、蘇我の一族と天皇家の人びとの葛藤、それを操る藤原鎌足の野望、政治と人間の相剋を描く野心作。

斎藤憐

グレイクリスマス

1983.12.25刊
四六判並製
164頁
定価1000円
ISBN4-88059-070-3 C0074

「上海バンスキング」は、敗戦まで。そのあとの戦後日本を扱ったのがこの戯曲。ＧＨＱの政策におびえ、右往左往する支配階級のぶざまな姿が描かれ、一転日本国憲法の精神を問う、力作。

斎藤憐

改訂版・グレイクリスマス

1999.1.25刊
四六判上製
144頁
定価1500円
ISBN4-88059-259-5 C0074

本多劇場で初演された「グレイクリスマス」は、民芸によって繰り返し上演され、日本の各地で激賞された。改めて「民芸版・グレイクリスマス」を上梓した。

斎藤憐

アーニー・パイル

1985.4.25刊
四六判上製
256頁
定価1500円
ISBN4-88059-084-3 C0074

敗戦直後、米軍に接収されていた東京宝塚劇場＝アーニー・パイル劇場に集まった、日本人、フィリピン人、アメリカ兵のスタッフ、キャストの姿を通して、戦争の傷と、戦勝国・敗戦国の関係を相対化して見せた、斎藤憐の力作戯曲。

斎藤憐

Work 1 ──自由劇場 86年5月上演台本

1986.5.15刊
Ｂ５判並製
152頁
定価800円
ISBN4-88059-092-4 C0074

小衆・分衆の時代。あの大衆たちはどこへ行ってしまったのか。70年代演劇の旗手・斎藤憐が描く群衆像。

斎藤憐

ドタ靴はいた青空ブギー

1986.10.7刊
Ｂ５判並製
148頁
定価1000円
ISBN4-88059-097-5 C0074

戦後の焼け跡をバックにヨコハマとアメリカを描き出す斎藤憐の野心作。

斎藤憐
1990.1.25刊
四六判上製
128頁
定価1000円
ISBN4-88059-138-6 C0074

俊　寛

平家滅亡を謀り鬼界島に流された俊寛僧都を主人公に、平安末期の権謀術数渦巻く世界を活写した、斎藤史劇の佳作。「ゴダイゴ」と対をなす「芸術の源流」を探る意欲的な作品。

斎藤憐
1990.2.10刊
四六判上製
160頁
定価1000円
ISBN4-88059-137-8 C0074

海　光

渡来王朝の征服と帰化の「歴史の闇」をダイナミックに描いた斎藤憐ひさびさの古代史オペラ。加藤和彦の楽譜を多数収録した決定版。
〈横浜市政100周年記念作品〉

斎藤憐
1990.3.10刊
四六判上製
152頁
定価1000円
ISBN4-88059-143-2 C0074

ゴダイゴ——流浪伝説

波乱に満ちた後醍醐天皇の生涯を題材に、日本中世史の凄まじい権力闘争の実態と、その影にうごめくバサラ＝わざおぎびとたちの生きざまを鮮やかに描いた斎藤憐の傑作史劇。

斎藤憐
1991.4.25刊
四六判上製
192頁
定価1500円
ISBN4-88059-150-5 C0074

東京行進曲

「黄金虫」「兎のダンス」など、数々の名曲を生み出した作曲家・中山晋平をモデルに、近代日本の人性の根源を見事に洗い出してみせた斎藤憐の力作戯曲。巻末に、千田是也・林光・斎藤憐による座談会を収録した。

斎藤　憐
1997.12.25刊
四六判上製
152頁
定価1500円
ISBN4-88059-243-9 C0074

サロメの純情　—浅草オペラ事始め—

アメリカ仕込みのダンスを武器に彗星のように登場し、わずか29歳で死去した悲劇の女優・高木徳子の半生を、当時の社会情勢とからめて多面的に描いた斎藤憐の傑作！

斎藤　憐
2000.1.25刊
四六判上製
144頁
定価1500円
ISBN4-88059-244-7 C0074

エンジェル

失業者のあふれるシカゴ。そこでは、マフィアが幅をきかしている。そこに美しい天使が派遣されてきた。そして、天使は若いヤクザに恋するのだが…。